U0878491

书有道 ◑ 阅无界

策划出品 | YUEKE 阅客

吴振尧作品集

吴振尧／著

WU ZHENYAO
ZUOPIN JI

中国民族文化出版社
·北京·

图书在版编目（CIP）数据

吴振尧作品集 / 吴振尧著 . -- 北京：中国民族文化出版社有限公司，2021.9（2025. 6 重印）

ISBN 978-7-5122-1489-7

Ⅰ . ①吴… Ⅱ . ①吴… Ⅲ . ①中国文学 – 当代文学 – 作品综合集 Ⅳ . ① I217.2

中国版本图书馆 CIP 数据核字（2021）第 195582 号

吴振尧作品集

作　　者　吴振尧
责任编辑　李晨光
责任校对　李文学
装帧设计　阅客・书筑设计
出　　版　中国民族文化出版社　　地址：北京市东城区和平里北街 14 号
　　　　　　邮编：100013　　联系电话：010-84250639　64211754（传真）
印　　装　三河市同力彩印有限公司
开　　本　787mm × 1092mm　16 开
印　　张　11.875
字　　数　200 千字
版　　次　2025 年 6 月第 1 版第 2 次印刷
标准书号　ISBN 978-7-5122-1489-7
定　　价　68.00 元

目 录

CONTENTS

光　荣

岭背苏屋村村主任苏为民中午从县纪委回到村里，就找村委会几位村委到村山前的一家小馆，要了几个下酒菜。酒足饭饱后，苏为民对同来的几个村委说，把村副主任、会计苏义一起叫上，按往常规矩上山打野猪。

苏义从家里赶来时，苏为民和几位村委已进入了“作战区”。近来野猪猖獗，村民怨声四起，苏为民也组织了几次全村性的大捕杀，但野猪一代胜过一代，前仆后继，与村民搞“持久战”“伏击战”“麻雀战”“游击战”。苏为民不怕野猪狡猾，什么战他都游刃有余。每次打野猪，他都习惯拿他那支32型祖国牌猎枪去。因为枪支管理严格，这支32型祖国牌猎枪他昨天才从镇派出所枪支管理股取回来，其他几位村委的猎枪也是他一同领回来的。

在路上，苏为民对一位村委说：“野猪竟然拱垮了几家村民的储物房，连我家的土墙都被拱坍塌了。”

“这真是在太岁头上动土了。”苏为民最后说。村委们应声附和，要求全力组织围捕行动。苏为民原定下周五才出动，上山展开围捕行动，但今天他决定提前行动，为民除害。

苏为民从背后取下32型祖国牌猎枪，对我说："大记者，你知道这枪是从哪里来的吗？是我十几年前，从老大队长（现在叫村主任）的血泊中捡回来的——老大队长自杀了，用的就是这支枪。而今我不会用它来自杀。"

我点了点头。我原本急不可待地要早点回城，但此时苏为民的话倒引起了我的兴趣。火烧火燎的大白天，空气里没有一点水分的时候，那高高的山林远处，还有不知从什么地方升腾起来的雾气。

"根据老大队长的遗言，这杆枪只能交给我。这枪是东江游击队队员遗留下来的法式猎枪，打土匪时这枪没有误伤过同志。中华人民共和国成立后，游击队司令员将它奖给老大队长。老大队长在弥留之际，还递给我两盒子弹。他痛苦地呻吟着，对我说'你补一枪吧'。在我们抬着老大队长回村的路上，远处响起了隆隆雷声，乌云密布。老大队长痛苦的呻吟声，被掩埋在巨大的雷雨声中。"

"没有什么了不起的，会过去的。"苏为民自言自语。

也许他说得对。他和我不一样，他是个万事通，上明政事官事，下察家庭婆媳矛盾。前明往事，后有深思，甚至于天气变化的细微征候他都能洞察几分。

"走过番薯地，直奔绿豆地，那里通常是野猪栖息的地方。听明白了吗？好了，别磨蹭了，快上山。"

这个土皇帝在我想尽早离开这里时硬留住我，而现在又像赶牲口似的赶我陪他上山打猎。

我忍气吞声地沿着山坡小径上了山，这条山路穿过环绕村庄的一片黑压压的灌木林。那些又大又矮的房子屋顶，活像深深按下去的瓶盖子。直到那些屋顶看不见时，我仍然心乱如麻，思绪老围着村主任苏为民和会计苏义打转。他用5万元奖赏当作诱饵，要我给他们村写篇报道（其实是想给他这个村主任写篇歌功颂德的文章在省报发表）。如能把他的事迹在全省或全国宣扬，就将我的叔公安排进村委，享受特殊补贴。

苏为民善于经营和盘算，对故乡并没有真正的感情，因为对他来说，农村充其量不过是种些禾谷和杂粮的地方而已。如今这座山村，伐木时代已过。封山后，野兽多了，特别是野猪猖獗起来。

苏为民有他特别的一招。他经常马不停蹄地到地头、到田间指导村民种植，他要求村干部也这样做。要是不听他声音中不时流露出威风凛凛的腔调，只看他穿着牛仔裤和被汗水渗透沾满了油污、灰尘的深蓝色马甲，看不出他与普通农民有什么不同。但是一回到村委会大楼，在宽敞而明亮的办公室里，他那习惯性的皇帝脾气和恶习就暴露无遗。他坐在太师椅上，双脚跷起，嘴里吐着白色的烟雾，“中华”牌香烟特有的香气包围着周围所有人。这举动让许多人感到敬畏和厌恶，也使许多村民感到愤怒和憎恨。

上山打猎时，我把这一切都丢到脑后了。肩上的猎枪就是这个“我”的象征，是被职业道德的规约约束的“我”。周围的一切都引人入胜，翠绿的山峦和高大的灌木林，在太阳光下闪闪发光。山峰宛如石头猛犸，巍然耸立着，它那嶙峋凹陷的侧部是花岗岩石，透着浅红赭石相间的细纹。浅红赭石石面上露出一些排列有序的酷似恐龙蛋的小圆蛋面，让我兴趣大增。石头间多少留有黄猄等野兽的粪便和尿液。

我老远就看见一只大黄猄在涧边择嫩草而食，它的肚腹下一头小黄猄在吮吸奶水。硕大的头扎进母亲的肚腹间，让我不免心生迷恋和惊叹。苏为民兴许是顺着我的视线发现了黄猄母子，顺手托起猎枪，我下意识地拉住他扣扳机的手。他疑惑地看着我，小声地问：“不想吃黄猄肉？”我大声地说：“那是母子俩，没有母亲的孩子也活不了。”我有意提高声音回答，却没有惊走黄猄母子，但苏为民的枪低了下来。

霎时，苏为民迅速托起猎枪，朝左边放了一枪。离黄猄母子俩不远，一只壮实的黄猄应声倒下。我们飞快地跑去，只见倒在地上的是一只壮实的雌性黄猄，身体还在抽搐着，鼻子发出微弱的喘息，空气中弥漫着血腥味——它前胸处一个弹洞在汩汩地涌出鲜红的热血。一头受惊的雄性黄猄和那对黄猄母子在枪响后，不知逃到何处去了。苏为民提醒我不要出声，我们分别爬上一棵大树。苏为民告诉我，隐藏在树上，嗅觉灵敏的黄猄就无法嗅到我们散发的气味，它便会回来寻找自己的伴侣。不一会儿，不出所料，那只雄性黄猄凛凛地回到躺在树下的雌性黄猄尸体旁。它时不时地抬起头，动动鼻子，仰天呼号，发出哀恸悲哭般的嘶叫声，尔后前脚抖抖地，低头舔着流着热血的伤口。它后脚叉开，拉下一泡尿后，奋蹄狂奔，一路惊叫地逃出我和苏为民的射程。我隔着树枝看着苏为民，他对我说："树枝太细，无法坐稳瞄准，否则就有鸳鸯黄猄肉吃了。"苏为民的话音未落，远处便传来一声枪响，回荡在山谷林间。不一会儿工夫，苏义打电话来报喜，说他那边打到一只几十斤重的黄猄。苏为民急迫地问是不是雄性。

"是的。"

"真是天有眼，终于有鸳鸯黄猄肉泡酒了。"高兴过后，苏为民立刻说："叫人先把黄猄拿到山下的车上，我们继续打，那对母子还活着。"说着，苏为民迅速向黄猄母子逃离的方向走去，消失在草丛里。我陶醉于丰硕战果中，竟然没有觉察一只强壮的黑猎犬从身边跑过。它冷不防地扑到那只死去的雌性黄猄身上，立即用它有力的嘴巴对准伤口撕咬起来。

"哎，大黑，别撕了！"有人在我身后喊叫起来。但伤口处已被撕开了一个大口，大黑叼着一块血淋淋的肉闪到一边去了。

这条黑猎犬的主人苏义站在不远处，得意扬扬地笑着，但他的眼神却流露出几分惶恐不安。看样子，他心中有许多担忧。苏义是个深山里长大的穷孩子，他的父辈以游猎为生。而出生于20世纪50年代末的苏义，是中华人民共和国的阳光给他带来了希望，他走出深山，来到山下的苏屋村读书，直至高中毕业都没有离开过这个村庄。后来他以过契的形式倒插到了苏屋村结婚成家，因其本姓为苏，所以不用改姓入户苏屋村。这是一个宗族血脉一直延续的古村落，村民全都姓苏。一开始，苏义以农耕为主，历经十多年了生活也没有一点起色。改革开放后，苏义办了企业，从事山货营销，干得有声有色，成了村里出名的能人，但是他长期被排斥在村委领导和宗族中心之外。一个偶然的机会，他成了村委会副主任兼会计，这使得村主任苏为民心生疙瘩。虽然苏义入户后还是苏为民本家宗亲的堂妹婿，但苏为民认为他的血统不是正宗的苏屋血统，即使同姓，也是外族人。所以多年来苏为民一直压制着苏义，让这个19岁（读高二时）就入党的苏义多年来无法进入苏屋村的"上层建筑"。机会来时，苏为民和苏义都是始料不及的。5年前，一位县委挂职的青年干部发现了苏义的才干，力荐苏义。在这位挂职干部的支持与栽培下，苏义连续几年成为县、镇的优秀共产党员和民营企业家。这件事一直令苏为民耿耿于怀。

苏义个性直率，村企办得有声有色，而且他还保留着父辈的从容大方。一件兽皮旧衫胸前敞开着，在阳光直射下胸前闪闪发光，突显出古铜色的肌肤。肩上背着一支全新的蓝眼牌猎枪，腰上系着沾满粉光的牛皮自制腰带，破裤子下边露出黝黑的随时准备提脚就走的两条腿。苏义告诉我，他这身“猎装”是他祖辈的遗物，如今只要出来打猎，他就会穿着。

“我发现这只黄猄是从对面窜来的，就拦住了。”他道歉似的低声对我说。

“我们都在树杈上，想打也打不着。”

“不用说，这只是公的，那只一定就是‘新娘子’了！”

“对，村主任可高兴了，说鸳鸯黄猄宴有戏了。”

“可以早点下山了！”

“不，村主任还要找那母子俩呢。”

“啊，不用走远，那母子俩会到山涧边啃嫩草的。”蹲在山涧中喝水的苏义说着，对猎狗大黑打了一个手势，便消失在灌木丛中。

苏为民在苏义走后不久，走到我面前，说：“你刚才和谁说话呢，是苏义吗？”我点点头。苏为民接着说：“你叫他到对面驱赶，我们在山涧旁守着。”说完兴奋地“哼哼”几声，这几声使我决定不把刚才与苏义见面时交谈的内容说出来。

我们把这对“苦命鸳鸯”放在大树下，并用一些新树枝将其盖上，还喷了一些去除血腥味的清新剂，以迷惑那对刚逃的黄猄母子。这时，苏为民的亲弟弟苏康民来了，他的脸被风吹得很粗糙，身上肌肉发达，肚子稍显突出。或许我该用“恶霸”或“打手”这样的词来形容这个家伙。他面无表情地看了我一眼，说：“大记者，‘野’兴大发来打猎啊！”我用左手指了指苏为民，说：“你哥安排我来见证的。”听我把“见识”说成“见证”，苏为民死死地盯着我。我不知道自己说错了什么，在我心中，“见识”是指可以让我长知识；“见证”是指为了写围打野猪的稿子增添真实依据——见证村领导为了人民的利益打猎除害。苏为民解释说：“是我请记者来见证我们村领导为村民打猎除害的。”“对啊，这事省报重点报道过，还引起了动物专家的关注，专家要求我们不要矫枉过正，不要对野生动物赶尽杀绝，要注意生态平衡。”

这时，天色已晚，密林中光线很差，苏为民打开头上戴着的大聚光灯，环顾周围照了一圈。“安静，有动静了。”黄猄本来是白天觅食的动物，可能是因为处在哺乳期和发情期，在夜月皎洁的时候有一些也会继续觅食。

苏为民是老猎手了，耳朵特别灵，他听到了黄猄母子轻微的脚步声和小黄猄的低声鸣叫。苏为民按了一下我的肩膀，他的速度很快，迅速找到黄猄母子的藏身之处，黄猄母子一下子惊呆了。在强烈的聚光灯下，母黄猄迅速转过身来，用自己的身体掩挡住小黄猄，急切地护着小黄猄转身逃进漆黑的茫茫野草中。它的双眼放射的深蓝色光芒与苏为民头上的强光形成了强烈的对峙氛围。苏为民条件反射似的抖了一下，手中的猎枪朝天发出“砰”的响声，母黄猄随即消失在夜色深处。我下意识地顺手将头上的聚光灯取下，对着黄猄站立的涧边照去，没有发现黄猄母子的踪影。枪声回荡过后，远方传来“呢呢叽叽”“喔叽喔叽”的母子黄猄的呼唤声，我感觉忐忑不安且惭愧内疚。

我们顺着山涧往村子的方向走，在山下的耕地附近听见一群野猪发出的“呜呜”乱叫声。苏为民头上的聚光灯转来转去，画出一个又一个半圆形。我真有点怀疑，在茫茫黑夜中，除了在耕地上拱地的野猪和我们两个猎人，还会有什么动物。突然，对面50米处，闪过了一点莫名其妙的星光，难道野猪的天堂里还有其他野兽？狐狸、果子狸、山鹿、山猫？我重新调整好了聚光灯。通人性的两条猎犬也屏住呼吸，仰头看着苏为民，似乎在等候主人发出指令，进行厮杀。可是，苏为民并没有注意到在地里疯狂拱地觅食的野猪群，而是密切关注着刚才看见的那点星光。同时，苏为民拨通了苏义的手机，询问他在什么位置，得到回答后苏为民眼前一亮，紧紧地盯着正前方的微亮的一点星光，生怕那光消失在黑夜里。

“打啊，快打啊！还磨蹭什么？这么多野猪！”苏为民急迫地吼叫着。

“枪卡壳了！”

野猪发现自己已暴露在敌人的枪口下，大叫大嚷地乱窜。苏为民身旁的两条猎犬凶残地扑向野猪群。一只又一只野猪倒在血泊中，挣扎嘶叫，奋蹄逃窜，狂乱中翻滚，一片混乱，一阵恶战。这时，苏为民大声叫着：

“用聚光灯照着，不用放枪。”在黑夜的犬猪大战中，苏为民发现了另一条本地黑猎犬，问：“那条黑猎犬是谁带来的？”我爽快地回答：“是会计苏义家的，那条公黄猄就是它拖过来的。”苏为民没有说话，用右手示意我一同走进茫茫草丛中，继续追杀在乱草丛中乱窜的野猪。此时，前方的星光一闪一闪的，苏为民发现后便猫着腰，肩顶着猎枪，朝不远处的那一点星光扣动了扳机。

枪声响了，在夜色里没有一丝风的空气中，这“砰”的一声干哑刺耳的枪声，在惨白月光笼罩的山谷中回荡，夹杂着野猪的乱叫声和黑猎犬“汪汪汪”的叫声。

“会计苏义！”我蓦然回想起来。

“不可能是苏义兄弟，他说他已回到村里了。”苏为民说。

苏为民看到苏义倒在血泊里的惨烈场景时，对我耳语了几句后，打通了其他几个村干部的手机，要他们全部到村委会大楼等他。

第二天，村里为苏义举行盛大的送葬仪式，苏为民的堂妹苏瑗伏在他的肩头上泪流满面，伤心地说：“哥，一定要给苏义一个荣誉。”苏为民代表村党组织和村委郑重宣布：“苏义是在围剿野猪的战斗中坠崖牺牲的，他就是苏屋村的‘革命烈士’。苏义虽然是倒插过来的苏姓人，但他是为了苏屋村而死的，他死得其所，死得重于泰山。苏义生得伟大，死得光荣，他是苏屋村的英雄。苏义的光荣牺牲换来了千家万户的丰收和幸福。我们要永远记着苏义兄弟为我们村消灭野猪，不怕牺牲的革命精神。”

晚上，丧宴席间，苏为民对我说：“你给我写个好稿子，在省报表扬苏义兄弟，奖金10万元。”我没有什么反应，像一个地地道道的白痴一样呆坐着，不断增加的奖金使我的心更沉了。为苏义兄弟，为我的堂叔，我闷闷不乐地抛弃了领取奖金的幻想。

“傻侄子，”苏为民拍了拍手中的枪，“这支枪是不会传到外人手中的。”

我心中毛骨悚然。苏义是外族人吗？只因为血统并非正宗苏屋村人，就可以……我在酒精的作用下，提心吊胆地向另一桌酒席走去。丧宴在一片嘈杂的喝酒声中延续。

半个月后，县纪委、监察局派人到村里来，苏为民接待了上级领导。

我回省城后，另一位村委给我发来录音。听着手机里苏为民与上级领导耳语时得意忘形的语气，我忍不住咆哮着：“光荣！光荣！”我发出的咆哮声和狂笑声竟引起同事们的一阵惊慌，或许他们以为我发癫了。

我真的癫了吗？

无名碑

我是在九连山深处的公路上，碰到未到任而先跑公路的副市长孙凯丰的。孙凯丰听说我是长篇报告文学《情路》的作者，而且这次专为写公路而来，便一把握紧了我的手。人与人之间的陌生疏离，在这初遇的时刻被抛到九霄云外。他那眼角周围已经刻上密集皱纹的眼睛凝视着我，使我突然感受到一种沉甸甸的无法言语的分量，让我朦胧地意识到，我那只专写公路的黑色钢笔也许根本就没有力量描述这条公路上生活的人们。我想把这个突然萌生的念头告诉孙凯丰，可他双眸深处的两团火焰越燃越旺，充满激情地照耀着我，使我没有勇气说出那个朦胧的念头。

这时我们乘坐的面包车正行驶在一段平坦的公路上。车窗外缓慢移动的险峻山岭令人难以置信，这条山区公路是人类的建筑成果。我想，孙凯丰对公路执着的情感难道是源于人类对自然的征服？

孙凯丰听了我的猜测，神情变得比先前更激动，激动的神情中袒露出历经岁月后对人生有深刻感悟的情绪。他再一次抓住我的手，张大嘴巴想倾诉什么，却什么也没说，只无限感慨地发出一声长叹。

后来，孙凯丰断断续续说起关于一个人的一些事情。

“我第一次见到他是在30多年前。最初的记忆很模糊，时间越往后推移，那点最初的记忆反倒越清楚，到了近两年竟勾勒出那么丰富的人生画面，以至常常不能自已。”孙凯丰这样说开来，一副完全忘记我的存在的样子，他回到了他人生最为光彩的那段岁月。

20世纪50年代中期，孙凯丰从朝鲜回国，转业到九连山山区的一个小镇当秘书。那时这里就已经修筑这条山路，但远不是今天这副气派的样子。他说听修公路的专家说，国民党修这条路的时候，这里连条便道都还没有，险恶峻峭的山峰虎虎有势地拦在修路队伍的面前。山岭峰谷着实险峻，人上来了怕下不去，只好派训练有素的猴子上来点炸药开山辟路。

当年，20多岁的孙凯丰是背着背包、挎着书包网兜、拎着洗漱用品来报到的。他走在一条坑洼坎坷的泥土路上，惊讶地张望公路两侧拔地兀立的险恶山峰。他怀疑脚下的路会被大山断绝，而让自己转不出去。头上的天空与云朵狭窄沉重，山上的杂草荒凄陌生，沟谷中宛如鬼叫般的鸟鸣声传来。

他看见了那个几十年之后都不能忘却的人。当时他的内心如沐春风，充满了向那个人问点什么、说点什么的欲望。远处的那个人是一片淡淡的黄色，衣领处和胸前使人想到曾经的志愿军。那片黄色走近时，他才发现对方是个同自己年纪差不多的年轻小伙子。他感觉对方很眼熟，似乎在哪儿见过。对方也当过兵吗？他想问却没问，只是问了路。小伙子大概看出他尚未消退的紧张感，在给他指过路之后，冲他的背影开了句玩笑：“放心赶你的路，这一带最大的敌人是没有人！”孙凯丰回头欢快地笑了，记住了那片年轻的淡黄色。

他告诉我，这就是他和那个人的第一次相见，记忆里唯有一抹淡淡的黄色。孙凯丰接着讲述，不久他便被调到离那段公路很远的公社当书记，分配到一匹退役的老马。马虽老，四只蹄子踏得苦涩缓慢，但比只有两条瘦腿的人还是要走得轻松快些。有一次，他去县城开会，会议内容已经记不清了，经过那段路时，第二次见到了不久前为自己指过路的小伙子。

泥土路不像他第一次走过时那样坑洼不平，但路上仍然十里不见一个人影。他不无英豪气概地跃身骑在马背上，松了缰绳，两腿紧夹，老马便奋力跑出一段欢快神气。数里路跑下来，老马终于恢复了暮气老态，闷闷地敲响寂寞的公道。骑在老马背上的孙凯丰渐渐升出寂寞之意来，想找个人聊天的欲望空前强烈。

终于，在视线所及之处他看见一个身影，腰背弯曲着，腿有点弓，似一块土黄的磨盘在路上碾动。他策马上前，在那人跟前勒住马。淡黄色身影直起身来，扬起面孔，他认出正是给他指过路的小伙子。

“同志，干吗呢？”孙凯丰掏出手绢擦汗。

“山路走人，人得养路。”小伙子搭着腔，手里的活计并没停。

“哪个乡的？”他把手绢装进口袋，准备赶路。

“道班的，吃国家饭。”

孙凯丰骑着老马走了，一路都在想：茫茫数十里大山荒无人烟，小伙子怎么过日子？绵绵山路上，只有风雨、阳光、夜露与他做伴，他终日修路补路，路不会说话，也不懂感情，他如何排遣孤独寂寞？他一直想到热闹的县城也没想出答案。开会之前，各公社的书记公事私事一顿畅谈，那淡黄色的身影和那段寂寞的山路自然被孙凯丰遗忘得干净彻底。

孙凯丰沉默了一会儿，仿佛期待着我问他一点关于那个人后来的事。人总是关心人的，无论出于何种目的、何种动机，总想知道后来的事情。因此，我问了。即使我不写公路，即使如孙凯丰所说的这个人根本没什么值得写的，我也会问。孙凯丰当然继续往下说，如果没有一个令人深省的结尾，他绝不会握紧我的手，让我听一个平淡无奇的开头。

孙凯丰第三次见到那个身影时，他已经是副县长了，距他第一次见到那个身影已经10年了。

十年前他骑的那匹老马早已死了，死的时候他让人专门为老马做了副棺材，而且在棺材盖上亲笔书写了老马在部队服役时的代号，请人雕刻成形。十年之后，升为副县长的他坐上了一台破旧的北京吉普。那次为了救灾，他带着县政府几位干部途经那段路。尽管已经过去很多年了，但那天的情景他仍记得十分清楚，而且掺杂了那么多感情色彩。

他说天黑得几乎压在了地上，雨犹如无数条钢鞭狠狠抽打着群山。山谷中洪水汇集成成群的野兽，怒呼狂吼着成群结伙朝公路扑过来。公路犹如毫无自卫能力的婴儿，皮肤被抓破了，身体被捅开了血口。当年的孙凯丰肩负着领导的职责，赶往辖下灾区。北京吉普摇晃在被浸透了的公路上，时而跳起发出警告般的巨响，时而哼哼唧唧地熄了火。最后停下来，司机不再发动汽车了。孙凯丰用质疑的目光望着司机，司机朝车窗外努努嘴。他把眼睛贴在玻璃上费力望出去，车外晃动着几尊湿透的人影。往路上看，发现一道半米宽的断裂带，浑黄的泥水卷起乱七八糟的杂物，滚滚流过断裂带，不时向破旧的北京吉普卷起示威的浪花。几秒后，孙凯丰看清了那几尊湿透的人影，他们在全力修复这条千疮百孔的公路。他得到些许安慰，估计用不了多久便可以通行。他点燃一支香烟，靠在车里抽起来，烟没抽完，车外便有人向司机招手示意可以通行。司机发动了车子，孙凯丰熄灭了剩下的半支烟，想到应当谢谢当班的修路工人。此时，他猜测：那个淡黄色身影的年轻人或许是这帮人的头头？不对，他该像自己一样人到中年了。那身褪色的军装上三块颜色较深的标记符号有没有褪色呢？

突然降临的宁静打断了他的思绪。孙凯丰告诉我，十几年前的那个暴雨天，吉普车内确确实实有种异样的紧张宁静，笼罩在车内所有人的心头。在那一刻，车外暴雨如注，车身下滚滚流过的洪水仿佛成了无声的画面。他当时被眼前发生的情景震惊了，没有人不被那时的情景所震惊。路人们进入由青石筑起的两条车轮宽的通道，却被不期而来的一股山洪轻轻一推就顺流而去，眨眼工夫就再也见不到任何踪影。

他告诉我，半个月之后他听邻县的人说，那次洪水中自己能安全乘车通过公路，到达要去的地方，简直是奇迹。那次洪水卷去了岗楼，就像孩子胖乎乎的小手推倒搭起来的积木，站岗的哨兵连一声呼唤都不曾留下。

孙凯丰接着告诉我那天发生的事情。他听到有人敲吉普车的车门，敲得急促有力。他从紧张、慌乱、焦急中清醒过来，猜想也许是想要搭他的车。尽管车里已经塞满了下乡救灾的县政府人员，但他还是打开了车门。

车门打开时，凶猛的雨点被风毫不留情地卷进车里。他感到阴湿的寒意，禁不住隐隐发抖。他抹了一把脸上的雨水，看清眼前的面孔和上半截身子，正是刚刚从他脑海里闪过的那个身影。年轻的气息和魅力已经从他额头眼角消失了，成为岁月中的记忆。深刻粗犷的皱纹不可抗拒地爬上了他的面庞，展现出生命的沉积和重负。他仍穿着孙凯丰第一次见到他时的那身已褪色的军装，只是眼下已发白，并缀上醒目的各色补丁。

“老兄，啥事？”孙凯丰问，风雨中声音颤巍巍的。

“这道沟恐怕一时修不好，得等洪水退了再修。”对方已经人到中年，处于这番境况中，声音却仍像当年一样没有忧愁。

“那怎么办？”孙凯丰问得很急，甚至不无恼怒。

“你们都下车，我们用肩膀把车扛过沟。小车轻得很，有那么五六个人，两个轮子两个轮子地扛不费事。”对方说得很轻松，丝毫没在意副县长的恼怒。

孙凯丰告诉我，今天他必须坦白。

他那时丝毫没意识到自己的恼怒有什么不应该，只觉得自己的急躁是合理的，路工修路保障通行是应该的。他从车上下来，几个随行人员相继钻出车子，站到他身边为他举着伞。他站在伞下望着路工们一个个跳进沟里，直到这时他的心里才隐隐意识到什么，轻轻抽动了一下。水流冰凉，狠重地甩在路工的身上脸上，发出“啪啪”的脆响，砂石流过时索性就在他们身上划下一道道血痕。

孙凯丰告诉我，当时他推开举伞的随行县政府干部，低声说了句“把伞收起来”后，便去帮着搭手抬车过沟。车过沟后他坐进车里，那个淡黄发白的身影飘过来，对他说：“对不起，耽误你们时间了。”

他望着对方肩上泥泞的车轮印，突然眼圈发热，感到这不是他们的第三次见面，好像还在别的什么地方见过彼此。什么地方？怎么见的？他一时没记起来。他想问问对方的名字，不为啥，只是想知道。

孙凯丰说没等他问，对方已替他关好车门，转身投进雨幕深处，忙碌地抢运石料。车子继续在风雨泥路上颠簸的时候，他想，下次见面一定要问问对方叫什么名字。

孙凯丰想抽根烟，同车的几位“烟家”一致赞成。我和另一位女同志是少数反对者，但也只得任司机关了空调，打开车窗。

热气顿时迎面扑来，热乎乎地抚摸着面孔，让人十分难受。孙凯丰大概感觉到了我对热空气的反应，否则在之后的一段路程中他不会专挑那件事情告诉我。当然，讲述那件事情，也许孙凯丰是别有用意的。

我有些感慨，觉得可以为山洪风雨中的那一幕写篇通讯报道或写篇人物通讯，并且疑惑当年为什么没有人快速反应，快速报道这位先进人物的事迹。又想，也许有过，但因为是快速报道，难免被人快速遗忘了。我把想为这个人物写篇通讯的想法告诉了孙凯丰，还不无自信地肯定报社偏爱这类稿子，写出来很快便能够见报。

出乎我意料的是，孙凯丰听完我兴致勃发、颇为得意的设想后，不仅不赞同，反而冒出些无名的愤怒。他说你们这些人就会寻找这类引人注目的表面化的东西写，然后润色、加工、夸大，最终引导人们都去干这类引人注目、可书可写的事情。他狠狠地扔掉烟头，对我说，如果我带着这样的感情色彩去表现养路工人，尤其是写他告诉我的这个人，那他坚决反对，他还断定我只能写些“短命”文章。

我沉默了，觉得委屈，我想不出我错在什么地方，同时又对孙凯丰的怒气感到莫明其妙，难道写养路工人奋勇抢修公路，甚至以肩代路扛车的壮烈场面不对吗？这样的故事不感人吗？

孙凯丰看出了我情绪的波动，像自言自语又像是对我说：“养路工人的伟大，在于他们的默默无闻，在于他们不被人重视和铭记。你说，在全国众多的名人行例中有一个养路工人吗？要我说，要用文学来表现养路工人，不应该专找他们惊心动魄的壮举，而应该把他们的平凡无奇呈现给世人。”

孙凯丰的话不知怎的使我的脸阵阵发热。这些年来，急功近利、图名图利、唯我至尊、吃不得一点亏的做人标准竟被一些人握得那么紧，用得那么活。走在平坦的大道上，没谁记得修路护路的人，一旦路坏了、走不通或走起来不舒服了，人们便要骂娘了。这个“娘”是谁？人们想到的当然是养路工人。孙凯丰见我依旧沉默，以为我还在为他刚才的无名火生气，便使劲提了提我的肩膀，然后接着告诉我关于那个人最关键的一段往事。

他再走那段路，重遇那个身影的时候，已经被调往邻近的一个县当了若干年县长。他说那是粉碎“四人帮”之后，一切都改变了很多。路不再是沙土结构，早已铺上光洁平整的沥青；他坐的车也不是破旧的北京吉普，取而代之的是从日本进口的丰田汽车。

那是个热得能把人烤干的夏季，滚烫的空气一团团、一股股到处奔腾，碰到哪儿都带着火一样热情，让人无法忍受。

已近傍晚，近乎达到爆炸程度的热气仍不见减弱，相反还有朝更炎热升涨的趋势。孙凯丰坐在密封程度很好的丰田车里，空调温度调到最低，微湿的冷气亲切地围绕在他周围。他挺直身子，一只手用力抓住车门的扶手，身体微向前探，注视前方公路的急切目光燃烧着希望。他想，如果今天再见到当年那个淡黄色身影，一定得问问他姓什么叫什么。算起来，距离他们的第一次见面也有几十载春秋了。

丰田车驶上了那段让孙凯丰尤感亲切的熟悉的山道。路似乎格外平整，坡度比许多年前大大减缓，强烈的夏日阳光把路面磨烤得镜子般光洁明亮。冷空气比先前更加充足，带着慰人的芳香弥漫在车厢里。司机打开收音机，女声轻唱顿时飘出来，萦绕在他们耳边。

孙凯丰的心情空前的好，想着当初那个淡黄色的身影如今该是何种颜色。那件人民解放军或志愿军的军装早该穿破、穿旧了，如今他应该穿着一身养路工人的工作服吧。养路工人的工作服是什么颜色的？北方土地般的黝黑，月夜样的深蓝，还是不黑不蓝非天非土的颜色？他开始内疚，还有些遗憾，他当县级领导算起来也有约二十年了，然而他未曾认真注意过这群劳动者的工作服颜色，也许看见过很多次，只是从未用心记到心里去。

愧疚开始纠缠、折磨着孙凯丰自认为从未改变的初心，情感波动时他感到心里隐隐作痛。后来，他开始想象这位老伙计如今变成了啥样。第一次相见的时候，俩人都还是小伙子；第二次相见时，那个身影的淡黄色更淡了些，只有肤色和胡茬比先前浓黑；第三次见面时，他们都已人到中年。而今呢？他们都迈上五十的坎了，五十岁的人该是怎样一副模样？孙凯丰下意识地打量起镜子里的自己，确实老了，孙子都快抱上了，然而额头和眼角的皱纹却不见有多少，也还没那么深。白发也不多见，零零星星夹杂几丝，远处看是看不出来的。皮肤和眼神呢？皮肤仍然光洁有弹性，眼神自然成熟老练。那么他呢？会不会是自己这副模样，或许几十年的光阴早已拉远了他们之间的距离。

几乎就在他第一次向那个淡黄色身影问路的地方，孙凯丰看见一群人在炙烤的阳光下熬制沥青修补公路。他说自己当时只是从理性上判断路面很热，在那样炎热的天气里毫无遮挡地顶着奔泻下来的毒辣阳光干活，滋味一定不好受。但到底是怎样一种不好受的滋味，难受到何种地步，他绝无亲身感受。在若干年之后的今天，孙凯丰坐在制冷效果优异的丰田车上对我说："当时只知道外面很热，路工们在烈日下干那样繁重的体力活很累，但万万想不到会热到超过人体所能负荷的程度。我居然从没想过下车和工人说句话——问个姓名会有什么困难？"然而他大错特错了，对即将到来的一切他毫无准备，以至造成了今天这么一种称得上"遗恨"的心境。

孙凯丰接着坦率真诚且毫无保留地向我描述当时的情形和他心里的想法。车子开到那群劳作的养路工人跟前停住，司机没熄火，空调平稳地唱着夏季凉爽清新的歌。他对同车的人说了句"请稍等"，他下车问个名字说句话就上车。他想拉开车门，但车门竟严密到他拉不动的地步。有人赞扬日本工业生产工艺技术水平精湛；有人劝他算了，说外面很热，等下次再说。他却坚持下车与那位相识几十年，却不知姓名的工人攀谈，甚至挺反感同车同事的劝阻。县长坚持，其他人自然不便再说什么，一个年轻人帮他拉开车门。就在车门滑开的缝隙愈来愈宽，就在孙凯丰转身下车的那个刹那，仿佛卷着烈火的灼人热浪迎面扑涌过来，瞬间包裹他的全身，憋得他透不过气。他感觉无数根火红的钢针扎进肌体，无数根血柱要喷涌而出，却又被更火热、汹涌的浪潮堵回来。他不由得一阵发晕，昏昏沉沉想吐，五脏六腑翻腾着欲将什么东西倒出来。

朦胧中孙凯丰感觉有人扶住了他的身体。最初的那种难受感突然散去，他恍惚回忆起几分钟前自己晃了一下，然后身体碰到一个什么物体。现在他明白了，刚才的刹那并不是他依靠意志力所能避免或克服的。紧接着他开始感受到另一种更为难受，几乎使他窒息的焦灼气体，那是从木柴火焰炼化沥青的大铁锅上空飘过来的。孙凯丰的眼睛渐渐模糊，视线中荡着水的波浪，吸气呼气犹如老牛喘息，耳朵再听不见别的什么，唯有砂石在乌黑的沥青油中搅拌发出的刺耳尖叫。那股冲击力极强的乌黑滚烫的焦灼气体，携着一万把火烧的刀子在他的呼吸系统里切割。他几乎难以承受，甚至动了“算了，退回车厢，关门上路”的心思。

若干年后的今天，孙凯丰向我描绘这幕情景时说，如今回忆起当时的情形，他仍感觉得到那股火热的气流。

他说他当时强迫自己坚持住，必须像当年在战场那样坚持住，绝不允许自己退下来。

他张大嘴想向正在大铁锅边化油的那个淡黄色的身影喊一声，但没容他出声，一团热气便拳头般迅速强劲地打进他的口腔深处，直顶喉头。他连忙摸出手绢捂住口鼻，胃部还在涌动翻腾，挤得眼睛涩涩的。

过了一会儿，孙凯丰再望向铁锅旁边的那人，发现那人并没注意到自己，始终奋力挥动手里的家伙。他有些怀疑自己的眼睛，怀疑自己的判断，他真的是当年那个淡黄身影的年轻人吗？淡黄色的旧布军装自然没了踪影，现在套在他身上的是一身辨不出颜色的深色衣服。那人的脸老得小了一轮，枯枝般的皱纹爬得满脸都是，横七竖八密密集集。眼睛是干枯了的两眼深井，不见光，不见水。他戴顶布帽，帽子三面垂下一方布，布直拖到肩膀挡住耳朵和颈脖，看不见头发白了多少。当年那个人难道真的是今天的他？

仍然是乌黑的气体，仍然是焦灼的酷热，仍然在呼唤当年的那个人。

孙凯丰又喊了两声，用尽全身的力量，那人还是没听见。周围翻砂拌料的轰响、拖拉机的狂叫和压路机的高歌构成了强劲的交响曲，干扰着他的呼唤，而那人在交响曲中干得十分专注。

孙凯丰想跨几步靠近点，无奈面前数十米宽处刚铺了稀糊糊的沥青。他想提高音量喊一声，可肚腹翻江倒海的潮浪涌动，稍一松懈就可能吐个干净。正在他犹豫之际，汽车喇叭尖利地响了两声，车上的同行者也下来劝他：“不是什么要紧的事，反正还有机会走这条路，现在工人天天都在路上干活，换个时间也没什么区别，不就是问个工人的名字吗？”

孙凯丰终于坚持不住，上车了。回到车里，冷气重新亲切地抚上来，他一路仍在想着那个身影，那个不知道名字、说不出颜色的身影。

回到县政府，要做的事情很多，身为管理整个县的领导干部，孙凯丰忘了这件事也无可厚非。再之后他被调到省城工作，远远地离开了九连山山区。他是个优秀的干部，为了不让后任宴请浪费，临走时既没让各部门开座谈会，更没到各乡镇走走，自然也没有记起那个人。

“后来呢？”我见孙凯丰没到结尾便收住了话，忍不住追着问。

“后来不就是今天吗？”孙凯丰一直望向窗外，纹丝不动。

“我能见到他吗？”我又问。

“不知道。应该是可以的，或许等一会儿就见到了，谁知道呢？”孙凯丰停了片刻，说：“如果不任命我到这个城市当副市长，如果不是省里谈话时交代我要抓全市及所管县的工业交通，也许我永远想不到这个人。”

这以后的一段路程任何人都不再说话，沉默激荡着每个人的思绪，气氛沉重又激情涌动。

车子继续行驶着，可一路上都不见一个养路工人。“怎么回事？难道他被调走了，还是退休了？”孙凯丰话音未落，前面便出现了一个养路工人，不过那是个年轻小伙。

我们停下车，随孙凯丰上前打听，结果让人难过。

这个站在我们面前的年轻人告诉我们，老人死了，他来顶老人的班。老人一辈子没结婚，没有儿子，他是老人的侄子。他还告诉我们老人死的时候挺安详，没受什么罪。他早晨起床，喝过一壶茶，到门前公路走了一趟，回来坐在地上晒着鲜艳的太阳，就这样闭上眼睛走了。

孙凯丰问年轻人，老人当过兵没有？年轻人说当过，在抗美援朝时当过工兵修路。孙凯丰又问，他的右腿是不是有伤？年轻人说对，是为步兵抢修桥梁时摔断的。孙凯丰说这就对了，他们应该在朝鲜战场见过，当时他们俩一个是步兵，一个是工兵，不然他不会总觉得这个人自己更早些时候曾见过。

年轻人告诉我们，老人被安葬在公路旁的公墓里。我们一起去拜祭了他。

后来我们上了车。孙凯丰说，他上任后的第一件事就是要为养路工人修一座无名碑，并让我在另一个领域也为养路工人建一座无名碑。我想我是没有这个力量的，但我答应了。

军功村主任

一

今天，小金村的金麒麟要“出洞”了。舞麒麟，是中国传统的民间文娱活动。早在明崇祯年间，就有“掀天爆声彻夜闹，沸地歌喉板敲檀。春牛高拥巡陌上，瑞麟婆娑影盘桓”的诗句。小金村的老辈人常说：“擂震麒麟鼓，舞拐麒麟脚，夺得麒麟魁，人人心连心，事事吉祥如意。”随着岁月的推移，舞麒麟被赋予了新的寓意。前年，县里还成立了麒麟协会，每年春节都要召集各村麒麟，对阵比赛。

金麒麟“出洞”，也就是开始扎麒麟，按照老规矩，要举行隆重的仪式。小金村金麒麟“出洞”的日子选在腊月间。这天早饭后，全村男女老少便喜气洋洋地奔向大队议事厅。

厅内，气氛庄重肃穆，正中央的红色方砖上，摆着扎麒麟用的竹竿、五彩图、红绸、黑布、镜子、绒穗，厅两端的盘龙石柱上插满了刀、枪、剑、戟、叉、鞭、锤、锏。三十名身强力壮的小伙子，身穿红背心，腰系黄布巾，挺胸而立，威风凛凛。

响脆的鞭炮声中，两个小伙子快步走进正厅。一个是阿欢，外号“大力牛”，他昂然挺立，一手拿着竹竿；另一个是新上任的村主任，退伍军人张海明，他举起雪亮锋利的砍刀，厚实的胸膛一起一伏。只见他手中刀光一闪，“咔嚓”一声，竹竿被劈开了——好兆头！大家笑着、嚷着，蜂拥上前，开始动手扎麒麟。

阿欢笑着给张海明当胸一拳：“嘿，老搭档，够劲！下面就瞧你引进蕉柑、开挖钨矿的高招了。”

“大力牛，你放心好了，蕉柑苗已经订货了。这两门技术，在我手头揣着呢。”他俩是好伙伴，童年时就是朋友，后来又同为小金村的舞麟人。张海明善舞麒麟头，阿欢巧弄麒麟尾。六年前，县里举办麒麟赛会，他们俩为小金村夺下首个魁首。为此，他们还分别赢得了邻村妹仔明霞和金凤的求爱绣球。

麒麟骨架很快搭起来了。张海明把红绸布蒙上去，利索地捆角连线。站在一旁的细崽惊讶地说：“村主任，没想到你真有两把刷子。”

“废话！”阿欢给麒麟镶上光明镜，得意地说，“咱老搭档露一手时，你还在穿开裆裤、舔鼻涕呢！”

“大力牛，别把牛皮吹破了，出水才见两脚泥。”喜欢凑热闹的细崽跟他抬起杠来。

阿欢“啪啪啪”地拍了三下胸脯，说：“我和海明这次若捞不上个头榜，我冲大家的面，钻三十下母牛肚下。”

“当真？”

“男子汉大丈夫，说一不二！”

“大力牛，你呀，是又想捞靓妹那个漂漂亮亮的绣球了吧？”细崽逗趣道。

“去去去，你懂得啥叫绣球？”三年前，阿欢准备办喜事时，没想到金凤却突然登门退了亲。一提此事，阿欢就既伤心又恼火。

张海明拍着阿欢的肩膀，说：“伙计，放心吧，只要把蕉柑种好，把钨矿开出来，我包你找一个靓靓的妹仔。”

“哈哈哈……”全厅上下响起了一阵开怀大笑。

笑闹了一阵子，阿欢忽然若有所思地低声问张海明：“明霞来信了吗？”明霞是张海明的未婚妻，张海明退伍回来一个月，至今未见到她。几个月前，明霞遇到从天而降的喜事，她奇迹般收到了多年没有音信侨居海外的叔叔的来信。上个月，她出国探亲去了。

张海明摇了摇头：“没有。”

“哎哟，莫不要当……”阿欢把冲到嘴边的“番婆”（广东方言，指“外国女性”）两个字咽回去了。

就在说这话的当儿，张海明的妹妹海兰挤到麒麟前，兴冲冲地说：“哥，回来了。”

“什么回来了？”

“明霞姐回来了，到咱家了。”

“你又瞎说。”调皮的妹妹已经诓他上了几次当。

“真的！这回是真的，骗你是小狗。”海兰跺着脚说，“快走，她还带来一大包东西呢。”

“啊！”张海明惊喜地抓起衬衣，跟着妹妹往家走。

细崽望着张海明的背影，羡慕地说：“乖乖，村主任这回可要发洋财了。”

阿欢听说明霞带来一大包东西，马上想到金凤跟自己退亲的情景，心里叫声“不好”——弄不好，明霞是来退亲的！他连忙拉过细崽，附耳道：“细崽，你马上去听窗根，听听明霞姐跟海明说些什么。”

“遵命！”细崽扮个鬼脸，扭头就走。

一顿饭工夫，细崽回来了。他耷拉着脑袋走进祠堂，刚才嬉皮笑脸的神情一扫而光，两只黑钻石般的眼睛水汪汪的。

“细崽，你怎么了？”阿欢斜了他一眼，焦急地问。

细崽低头不语。

“是不是明霞……”

细崽忍不住掉眼泪了。

“你哭什么？”阿欢火了，拎着细崽的耳朵，“少给我的金麒麟添晦气，快说！”

细崽这才告诉阿欢：“村主任，倒贴了！”

“什么？明霞要招海明上金汤村？”

“不是。”

“那还说什么倒贴呢？”

“明霞要村主任出国。”

大伙听到这突如其来的消息，惊诧地睁大了眼睛。

“你听错了吧？”阿欢不相信地问。

“要是听错就好了，我躲在村主任家的龙眼树上，正好对着窗户……”细崽详细地讲述了刚才的所见所闻。

张海明问明霞：“晕船吗？”

明霞回答：“出公海晕了一阵子。”

“头痛病治好了吗？”张海明又问。

“断根了，就是老做梦。”明霞走到张海明身旁，小声说，“梦见你。”

张海明的脸一下子涨得通红：“我还以为你当‘番婆’去了。”

“去你的！喔，对了，把你的勋章拿出来让我见识见识。”

“接到你的信后，我打算把军功章寄回来交给你保管。后来上级决定让我退伍，我便想将它带回来做个见面礼。”张海明从抽屉里拿出军功章，“这上面有战友们的血，也有你的一份心。在战场上，我想到你，想到参军时金麒麟的祝福，打定主意，就是掉脑袋也不能给你们丢脸。”

明霞看着军功章说：“海明，我也给你准备了一份见面礼，你猜是什么？”

张海明想了想，说：“猜不着。”

“告诉你吧，”明霞昂起头，用漂亮的大眼睛望着他，“这次探亲，叔叔要我去继承产业。你知道吗？那边国家规定，女娃不给继承证，女娃的丈夫可以继承……”

“真的吗？”

“回来时，我到办事处问了，初七要去办申请手续。”

……

细崽把听来的情况说完，顿时，大伙像挨霜冻似的蔫了。沉默了一阵，有的人开始摇头叹气，有的则直通通地骂人，厅里嚷成了一片。

“娘的，说话像放屁，什么种蕉柑，什么挖矿石，说得比唱得好听，节骨眼上把我们要了。”

“唉，也别全怪人家，俗话说‘冷屋不留人，秃树不落鸟’，有什么法子呢？”

“大力牛，这下别吹了，人家拍屁股走了，管你什么靓靓的妹仔，我们等着看你钻母牛肚下了。”

阿欢一声不吭，叉脚而立，攥紧拳头，脸色越来越黑。霍地，他飞起一脚，把金麒麟踢出老远：“混蛋！”

二

送走了明霞，张海明的心湖掀起波澜，久久不能平静。未婚妻捎来了意想不到的消息——出国继承产业，对于他来说，是幸运，是欢喜，还是……张海明站在村头，明霞的话又一次在耳边萦绕。

“你叔叔那边怎么样？”

“瞎！别提了。这次我到叔叔那里，眼睛都看花了，你猜我叔叔住的是什么样的房子？台阶用的是高级意大利云石，地上铺的是赏心悦目的高级地毯，上楼有德国奥的斯扶手电梯，厨房里有巨型冰箱、自动洗碗机、电脑操控的煤气设备……”

“呵，你还有这个才能，连这些东西的牌子都记住了。”

“什么呀，是叔叔家的管家手把手教我的，怕我出洋相。海明，叔叔答应给我们一幢带小花园的房子，咱们出去一切就都有了。”

“可……这……”

“走吧！你不是说，退伍以后，一切听我的？”

“明霞，这事还要好好给妈说一下。”

“也好，别忘了，初七我们一道去办手续。”

……

张海明缓缓地往回走。不时，目光落在山坡的牛群上，他又陷入沉思。

寻求一个好工作，是多少退伍战士、转业干部梦寐以求的啊！一些人为此，不惜拉关系、走后门。今天，自己却福从天降。在人生道路上，往往有一些偶然的机遇，它可以影响一个人的大半辈子，甚至改变一生的命运。在机遇前的抉择，多像进入决战的时刻啊！不，这要是打仗就好了，目标明确，冲锋号一响，不是英雄，就是狗熊。眼下，唉，是另外一种战争啊……

夜的幕纱，慢慢地笼罩了小金村。

张海明的家，位于村西头的一幢屋里，张母从楼棚顶角的裂缝内掏出一个鼓鼓囊囊的纸包。她坐在儿子的面前，端详了一阵，说："明儿，摊上明霞这门亲事，妈高兴啊！过些日子，妈给你们包两包土。"

"妈，你……"

"明儿，不是妈迷信，带上家乡土，忘不了祖宗，这生后世，永远是小金村人。妈还有一桩事要你记住，这些年来，多亏政府对军属照顾，补贴工分，给我治病，该照顾的都照顾到了。妈能活到今天，全托公家的福啊！咱家还欠公家七百二十一元，是咱家多年超支累计的。这笔账村里虽然没有开口要，但你手头有钱要马上寄来还。"张母话说急了，肺气喘又开始发作了，干瘪的嘴唇困难地张开，发出"呼哧呼哧"的喘气声。

张海明上前，轻轻给母亲捶背。

张母慢慢缓过气来，又接着说："明儿你们要走了，当妈的没什么钱给你，你把这包东西拿去卖了，答谢人情，凑点盘缠。"

张海明打开一看，是人参片，足有半斤。母亲从哪里弄来的？张海明疑惑地望着母亲。

"是妈从中药里挑出来的。"张母是一个要强的女人，早年丧夫，为了拉扯大儿女，她什么苦都尝过，终年劳累使她落下种种疾病。这几年，村里和乡亲们买了不少药给她治病。哪知，她每次熬药时，都把贵重的人参片一点点地拣出来。

"妈！"张海明捧着人参片，"扑通"一声跪在母亲面前，感情像地底岩浆，滚烫地奔流着，掠过心田，涌向全身。母爱，人世间还有什么比这更伟大的吗？

张母扶起儿子说："明儿，这是做妈的一份心意，拿去吧！"

"妈，你还是叫我走啊？"

“不是说初七要去办手续吗？”张母反问一句。

“没有最后说定。去的话，不久便可以把账还清，可是我又在想，人世间，有些账是没有办法还清的。前些年，我应征入伍，村里人舞麒麟送我；立功后，全村又舞麒麟欢迎我。咱家有困难，大家多方照顾。现在大家选我当村主任，正是我该为大家出力的时候，我要是现在走了，什么都没为大家做过，心里不安。”

张母满脸的皱纹收拢了，叹了一口气：“不去，明霞又如何是好？”

“她要继承产业，是非去不可的。妈，这真是为难我了。”

屋檐下，公鸡啼鸣了。张母从灶膛内的草木灰里摸出一个烤红薯，吹掉上面的灰，说：“趁热吃了，天不早了，你睡下想想。”她抹着眼泪回房去了，只留下声音，“明霞是个百里挑一的好妹仔，妈真喜欢她啊！”

张海明倒仰在床上，他心里犹如一团乱麻：人世间有那么多条路，可是自己面前为什么偏偏只有一条路呢？要么离开家乡，要么与明霞分手。走，乡亲的信赖和对家乡的责任感紧紧地牵住他；留，即将出国的明霞将与他分手……他从枕头芯里掏出绣球，看着，想着，一夜不曾合眼。

六年前的那次区麒麟赛会上，小金村的麒麟九战九胜，轰动四邻，舞麟人也招引来靓妹们的青睐。经过金汤村巷口时，同学明霞趁人不注意，敏捷地塞给张海明一个纸包，然后红着脸跑开了。回到家里，张海明打开一看，竟是一个红色的绣球！

他俩还来不及蹲在山坡上“掐草芯”（谈情说爱），张海明便应征入伍了。换上军装那天，他俩在东江滩见面，默默地站了半天，张海明只好说：“你逢年过节到我家走走好吗？”

“嗯。”

“你说话啊！”

“嗯。”

“你……”张海明急了，额头、鼻尖沁出细细的汗珠。

明霞突然抬起头，伸手摸进张海明的上衣口袋。她脸色变黑了，冷冷地问：“我的绣球呢？”

张海明松了口气，慌忙解开棉衣扣子，从内衣袋里掏出绣球。

明霞脸上泛起一层光彩，不好意思地笑了。她从兜里掏出一张张海明舞麒麟的相片，热切地望着，“你带着我的绣球，我带着你的相片……”说着，她大胆地在张海明脸上亲吻了一下。

准确地说，那不是亲吻，而是咬了一口。张海明抚摸着脸颊上被咬的地方，心里泛起幸福的涟漪。

四年前，张海明回家探望重病的母亲，提包刚进屋，脸还未顾得洗，部队就发来了加急电报，要他速回。怎么办？张海明看着躺在床上的母亲，左右为难。

明霞似乎感觉到了什么，端着一盘自己从商店买来的甜果，走到张母床边，亲昵地喊：“妈，吃橄榄。”

全屋子人都呆愣了。山乡俗约中，未过门的妹仔叫妈，这意味着从这以后，她生是张家人，死是张家鬼。

“什么，明霞，你说什么？”张母不相信自己的耳朵。

“我，我……叫你妈！”明霞的脸红透了。

张母高兴地答应了七八声，妹妹海兰则扑进了明霞的怀里……

三

今天是农历十二月初七。天刚蒙蒙亮，海兰为哥哥张罗好见明霞的礼品后，冲着睡在床上的张海明嚷着：“哥，哥。”不见动静，海兰撩开蚊帐，见张海明还在睡觉，便不满地说：“你还呼呼什么，今天是啥日子，还不快起来。你呀，一点儿都不上心，好像不是你要出国似的。”

这些日子，海兰高兴得连嘴都合不拢了。哥哥要出国了！这意味着什么呢？意味着她家很快有钱还账了；意味着以后她走在人群前，谈到钱的时候再也不用把脸藏起来了……嘻嘻，想到这，海兰真是心花怒放。

她见张海明起床了，立即从竹篮里取出一套银灰色的西装：“哥，我给你买套衣服也是应该的，穿吧。”不容张海明多说，海兰已经动手给他解开上衣纽扣，强逼他换上。

张海明穿上西装，望着妹妹，想把心思告诉她，但话到嘴边又犹豫了。他把绣球装进衣袋，提起礼品，迈出门槛。

早晨的小金村宛如一幅水彩画，白的是雾，黑的是树冠，淡黄的是屋脊。迷蒙的山村中，人影绰绰，不时传出吆喝牲口的声音。

张海明心事重重地走出村门楼，踏上独木桥，他发现对面桥头墩上蹲着一只虎视眈眈的金麒麟。

“大力牛，你葫芦里卖的什么药？”张海明知道是老搭档捣的鬼。

阿欢不回答，嘴里一个劲地打着舞麒麟的鼓点，晃动着金麒麟，来回挡道。张海明往左边去，金麒麟头往左边摆；张海明往右边挤，金麒麟尾往右边摇。

“大力牛，你今天存心不让我过去啊？”

金麒麟突然腾空而起，来个一百八十度转弯，屁股对着张海明。

“你……”张海明脸色骤变。按照舞麒麟人的老规矩，用麒麟屁股对人是最大的蔑视，通常要进行决斗的。

阿欢从麒麟身上钻出来，双目怒视：“番人，耍刀、弄棒、使拳随你挑。”阿欢摆开比武的架势。

张海明心里一颤，连忙解释：“阿欢，你听我说……”

阿欢瞟了一眼张海明手上的礼品，轻蔑地哼一声：“我听够了，听够你的大话、空话、一分钱可以买上几大箩筐的口水话！金凤为啥跟我退亲？就是嫌咱穷，嫌我没有钱给她父母治病。前些日子，你回来了，我们高兴啊！你是咱村最有出息的，上过战场，得过勋章，我们真心实意地选你当村主任。如今，摊子刚刚铺开，大家等你领头大干一场，可你捡到好处，乐得把自己舌头吐出来的话全忘了。”他抱起金麒麟，两眼仿佛喷着火，“你走！你走了小金村不会地震，小金村的树不会倒着长。但是，你别忘了，你是在小金村最需要你的时候走掉的，也是你的誓言刚刚出口的时候走掉的。”阿欢转身就走，差点儿把跑过来的细崽撞下田埂。

细崽擦了把汗水，递过一份电报：“村主任，农场来要蕉柑苗钱了。”

“我不是叫你们负责汇去？”

“我负不起责，几千元的玩意儿，万一出差错，你拍屁股到国外去了，我呢？往哪里躲，钻老鼠洞去啊？”

“你啊，”张海明在电报纸上签上名字，“去办，出错由我负责。”

“村主任，说话要算数。”

张海明望着渐渐远去的金麒麟，心潮起伏。刹那间，眼前的一切模糊了，仿佛整个村子晃动起来，那麒麟头上的五彩图，那扎在角间的红绸球，那裹在背脊上的骨节状黑布，快速地旋转着、变幻着。那是他在县上麒麟赛会的酣战，那是乡亲们舞着金麒麟欢送他入伍的场景，那是他在战场上想到的麒麟舞，那是……

张海明戴着军功章兴高采烈地走进村门楼时，骤然间，麒麟锣鼓擂起来，金麒麟围着他翩翩起舞。小金村用最隆重的麒麟舞，欢迎英雄归来。

不久，村里投票选举村主任，张海明的票数超出总人数两张，主持选举的村主任问："谁多投了？"

没有人吭声。

"要是大家不说，这场选举只好宣布无效。"

"我！"阿欢霍地站起来，拍着胸膛说，"我投了三张。"

"我说大力牛，你又胡来！"

"什么胡来，村主任，你不是说选举是每一个公民的权力吗？你替我数一数，一张也不少，一张也不多，正合数。一张是咱大力牛的，一张是咱未来的婆娘的，一张是咱未来的胖小子的……"

全场轰地笑开了……

几天过后，张海明正式上任小金村村主任。他站在会场中央，给大家敬了个举手礼，激动地说："各位父老乡亲，感谢大家的信任，让我当咱村的头儿，这个担子我挑了！咱村穷，不是大家手不勤，不是咱村土地不好，正如大家说的，是咱们不懂得科学种田。回乡这半个月来，我认真调查了一下，咱村这一带的泥土及气候条件最适合种蕉柑，咱们的邻居山下村就是靠这个发财起家的。另外，咱村的怪石头，其实是一种稀有的矿产——钨矿，目前国际市场上有多少要多少。今天我跟大家商量一下，大家说行，咱们马上采取以副养农的办法，种它一万株蕉柑，再着手办个矿场。同时，扎只新麒麟，向县麒麟赛会下战书，夺下魁首，求个吉利，团结一心，大干一场……"

全场掌声雷动，阿欢一招手，小伙子们把张海明抬起来，抛向空中，高喊着："张海明！张海明！"

太阳爬上了树梢，海兰哼着"正月里来喜洋洋，阿妹送哥去南洋"的小调，路过村头，看见张海明还呆呆地站在桥头，半开玩笑地说："哥，你还没去啊？晚了明霞姐被人抢走啰。”

“妹，哥跟你说，我不走了。”

“嘻嘻，捡到便宜还卖乖。”

“真的。妹，你替哥想一下，我刚当上村主任，村里的工作又刚展开，节骨眼上，我拍屁股走了，人家会怎么说呢？”

“嘿，怪不得老听你晚上瞎喊，原来你钻进这死胡同了。讲起复转军人出国，你又不是第一个。远的不说，文山乡的王大生还是个排官呢，转业回乡后七拐八绕，为了出国，给一个老不正经的番婆当儿子。出国那天，他那老实巴交的父亲跟在儿子的后面，一路追，一路喊：‘生娃，你是党的人啊，你别走！’”

张海明一听就火了，连声说：“丢人！丢人！丢人！”

“丢什么人啊，”海兰说，“哥，你要知道，咱家以往的日子过得多难，眼下……”

“你……不懂啊！”张海明搁下妹妹，踉踉跄跄地向金汤村走去……

四

东江河畔的柳林里，张海明和明霞相遇了。

张海明抬起头，第一次强烈地感觉到迎面走来的明霞变了，变得特别美。她，眨眼间变戏法似的脱去蓝色的外套，露出法国真丝旗袍，三条红、黑、白彩带从肩部滑向腰肢。一头刚烫过的波浪式卷发，泼墨似的披在肩上。脚上穿着一双意大利高跟鞋，显得落落大方，楚楚动人。

明霞走近了，令人心醉的“巴莉楚”香水味扑鼻而来。鹅蛋脸上绽放着迷人的笑意，酒窝四周泛起一片红晕，水汪汪的眼睛含着灼灼的火焰，让张海明无法逃避。

一股青春的热血在张海明全身奔涌，他下意识地伸手摸着脸颊，心里明白，只要他伸开双臂，明霞肯定会忘情地扑上来，热烈地拥抱他，温柔地亲吻他。但是，刹那间，张海明的耳边仿佛又响了金麒麟舞的锣鼓声，眼前仿佛又看到欢腾跳跃的金麒麟……他的理智终于抑制住奔放的感情，握紧绣球的右手颤抖着，当明霞要扑上来的瞬间，他的五指张开了，绣球滚落在地上。

在情人脚下丢绣球，就是退亲的意思。满面春风的明霞，倏地像遭电击似的，呆住了。她吃惊地倒退两步，抬起惊愕的眼睛，直瞪着他。紧接着，她的脸色由红变白，丰腴健美的身体猛地痉挛：“是我的？”

“是你的。”

“真的？”

“真的。”张海明的心如火烧一般灼痛，身上的肌肉紧缩起来。

“不！”霍地，明霞扑上前，抓住张海明的衣裳，“你说绣球是别人的，是别人的，你说啊！”

张海明说：“是你的。”

“是我的，那我问你，你为什么要退亲？你为什么在此时嫌弃我？过去，我诚心诚意地爱你；今天，我干干净净地跟你。多少个炎热的白天，我在田间劳动，端上水喝，就想到你此时渴不渴；多少个雷雨的夜晚，我替你担心，怕雨水淋病你。你母亲病危，我为你分忧，不顾妹仔的羞怯，喊了一声又一声‘妈妈’，生成了张家人，死也是张家鬼。打你入伍后，我最爱看穿军装的电影，你知道吗？我是在看你。这次出国，我在叔叔面前为你说了一筐又一筐的好话。如今，你……你说啊！”

张海明木然地站着，岩石般的脸庞上，一颗颗滚烫的泪珠慢慢地滚落。

“你说啊……”

“好妹仔，你……你别逼我了，我……我……”

“不，就要你说！假如我不清不白，假如又穷又丑，你这样，我跳进东江也心甘情愿。可是眼前是幸运的时辰。”

“明霞，我不能跟你出国。”

“什么？”明霞简直不敢相信自己的耳朵，“那边不好吗？”

张海明摇摇头，说：“明霞，我打心里感谢你。我知道，跟你出去，一定能够快快活活地过后半辈子了。俗话说，水往低处流，人往高处走，享福，哪个不会，哪个不想？”

“现在有福享了，你为什么不去呢？”

张海明低声缓慢地说：“怎么跟你说呢……”生活中，往往最简单的道理，最难解释。

“我不明白你的意思。”明霞边说边从精致的皮包里取出一份出国申请表，“海明，你就填上吧，只要几个字。”

“是啊，几个字，对我的个人生活，对我的家庭，将起到很大的作用。可是，这样会让村子里的乡亲失望，尤其是对我失望，一个刚上任的村主任。”

“付出这么大的代价，值得吗？如果说故乡是母亲，那你也算对得起母亲了。在部队度过了六个年头，在战场上流过血。海明，走吧！说句不好听的话，你的所有规划仍然只是幻想和希望。”

“人就是在希望中活着的啊！”

明霞委屈地说：“难道我不如小金村的一片蕉柑……”

“不！不！不！”张海明打断她的话，“明霞，我恳求你不要这么想，不要这么说。你是我的……好朋友，我永远敬重你。”

泪水涌泉般从明霞眼里流出来：“海明，你往后想过没有，留下来，你这辈子还要换多少把锄头啊！”

“我已经想到了，许多战友都在战场上牺牲了，我活着，就要豁出命干，要不心里难受。”

“还有，你若不跟我走，那咱们的关系……”明霞从哽咽变成哭泣。

张海明递过手帕：“明霞，你让眼泪流出来，痛痛快快地哭一场。我知道你心里不好受，我不能跟你出国，伤了你的心，也给你带来了……唉，原谅我好吗？”

“你……别说了。”明霞抽泣着，“在这里，应该是你原谅我。我是一个平凡的女子，加上那个继承产业的规定，我走了，你答应我一个条件好吗？”

“你说吧！”

“你结婚时，提前告诉我一声。”

“当然可以……”

腊月的阳光暖洋洋的照耀着，满含松香气味的树林里静悄悄的。偶尔一两只麻雀飞来立在枝头上，惊奇地打量着他们俩。

明霞说：“海明哥……”

张海明说：“明霞妹……”

“哥，我走了。”

“妹，你安心走吧。”

“哥哥，愿你万事如愿。”

“妹妹，祝你一路顺风。”

道不尽的真情话，挪不动的两双腿。他们默默久久地对视着……

明霞很快办好了出国手续，乘国际航班飞往她要去的那个遥远的地方。

浩瀚的蓝天，一架银灰色的飞机披着霞光，呼啸飞过——明霞就在这架国际航班上。

张海明没有去白云机场给明霞送行。他怕自己承受不住割爱离别的痛苦，只是独自站在村后的山坡上，对着天空，目送着明霞远去。

他心里一遍又一遍地呼喊着明霞的名字，眼眶涌满了泪水。当飞机消失在远方云海里，他声泪俱下：“明霞，原谅我吧，我只能这样为你送行。原谅我吧，明霞，我实在不能跟你同行……”

张海明在准备种植蕉柑的土地上徘徊着、徘徊着……倏地，他扑倒在地上，青筋隆起的双手插进泥土里，脸贴在地面。故乡的土，祖国的土，正因为你时刻牵引着儿女的心，才使他做出了这样的抉择。

许久许久，张海明才缓缓放下手中的泥土。他从口袋里掏出自己的军功章，把它装进塑料袋，紧紧地裹好，然后庄重地将其埋进坑里。

不知什么时候，乡亲们悄悄地来到他身后，默默地站着。

“海明，你……”阿欢忍不住说，“这是你的荣誉。”

“昨天的荣誉，属于故乡的土地。今天的军功章，我还没有得到。”他把泥土撒进坑内，厚厚的覆盖在军功章上。

小金村的麒麟锣鼓又沸腾起来了。张海明，这个荣获过军功章的人舞着金麒麟，昂首长啸……

美好生活

“真是世道艰难，钱一点儿也不顶用！”张先生无精打采地嘟囔着。

他多少也领到了点奖金。可是，去掉用于还债的部分，再添点生活必需品，就一点儿也不剩了。其实并不是一点儿也不剩，准确地说，是只剩一张绿色纸币了。

想买大件东西或尽兴地旅游一番，这钱实在不够用，索性买一张彩票吧……忽然，他脑海里闪出一个念头。他想起附近那座元庙，传说还很灵验呢。于是他去了，低下头开始了祈祷。这时不知从哪里传来了说话的声音：“好吧！叫你遂心如愿。”

他四下瞧瞧，连个人影也没有。啊！方才一定是神仙显灵了，连说话的声音都是那样庄严持重。张先生不由得把仅有的一张纸币投进了香资盒里。他诚惶诚恐地说：“请您开恩，让我也领略一下豪华生活的滋味吧！神仙怎么能这么快就知道我的心愿了呢？”

“最近，不信神的人越来越多，香资也有所减少。所以，神仙有时候必须显示一下神威。”

“说起来，我的命运还不坏，香资也已献上。不过，能不能灵验呢？”

“心诚则灵。神仙是不会说谎的，安心地等待吧！”

张先生用舞蹈般的步伐走回公寓，独自一人仰卧在冷冰的屋子里。

“真是谢天谢地，太开心了。不过，我真的会遂心如愿吗？是啊！需要等待，可要等到什么时候呢？能透露一点就好了。虽说神仙不会撒谎，可若是几十年之后才……”

这时，好像有人来了。张先生开门一看，门外站着一位陌生男人。

“您是哪位？有什么事……”

“送货来了。”

他不记得自己买过什么东西，正在纳闷，物品已经源源不断地运进屋里。有地毯、成套家具、座钟、电视机、高价洋酒……送货的人走了以后，张先生轻轻地一一抚摸着送来的物品，心中有些疑虑：这该不是幻觉吧？然而，所有物品分明都是真实存在的，而且是全新的。送东西来的到底是谁呢？他能想到的只有一个：除了“神仙”以外，还会有谁呢？他再一次赞叹起“神仙”的威力。

张先生把送来的物品一一摆好以后，过去屋里的那股寒酸气一扫而光，变得豪华极了。张先生坐在沙发上，尽情地品尝着豪华生活的滋味。但，总有些美中不足之感。张先生到现在为止，还是单身呢！这不足之处在哪里，他很快就意识到了。

“我不应该有什么怨言。可是，如果能够叫我一切都遂心如愿，多么希望更圆满些呀！”

他正在嘟嘟囔囔，敲门声又一次响起了。

他开门，吃了一惊，一位年轻貌美的女郎正笑容满面地站在那里。

“啊！叫您久等了，不必客气，请进吧！”

张先生极其兴奋地表示欢迎，又一次进入了梦境。他想碰一碰美女的身子，但又觉得为时过早，何必那么着急呢！不过，他倒是掐了自己一下，好疼！说明一切都是真的。他面对着端坐在椅子上含羞带笑的女郎，真不知从何说起。

“唉，何必那样害羞。您做什么工作？”

“啊，我在超市上班。”她提到了一个一流超市的名字，那是一个因为店员素质高而出名的超市。作为婚姻对象，那里的工作人员没有什么可挑剔的。张先生感到十分满意。

“是呀！那就请随便些吧，不必拘束。您为什么而来，我十分清楚哟……”

他这么一说，女郎这才流露出轻松的表情。

“既然是这样，那就好说了。其实，我是因为年终太忙，写错了发货地址，竟把应该送到别处的东西送到您这儿了……”

“什么？”

张先生还在发愣，运货的人已经从门外进来，把物品接连不断地运了出去。那位女郎也一同扬长而去。一切又都恢复到可悲的原状。张先生马上跑到元庙，大发牢骚：“神啊！你太冷酷无情了。”

“少废话。这就是一张纸币的份儿。若想尝受更好的滋味，要付出更多的代价才行！”

听着这庄严的声音，张先生又嘟囔起来：“真是世道艰难！这钱，一点儿也不顶用。”

测 试

平常无奇，如果用这个词来形容这位青年，是恰如其分的。

他从一所中等院校，以中等成绩毕业，进入公司时，录用考试的成绩大概也是中等。

他的住所离市中心不远不近，是间很普通的公寓。不太宽敞，也不算窄小。

他每天早晨在同一个时间起床，上班。来到公司，在会计科的一张办公桌前，与账本打交道。他就这样生活了五年。

这种生活也没有什么让人不愉快的，只是他有一种不满情绪。仿佛是一种无痛感的痛苦正在折磨着他。这是什么原因引起的？他自己十分清楚，就是由于自己太平庸，事事都是“中等”。就像一只按空气比重制造出来的气球，既不能升到高空中去，也不至于落到地面上来，处于不上不下的状态。

青年所在的公司，生意也是不好不坏，没有什么令人满意的特色。如果是个才能或天赋在中等水平以上的人物，也许能够做出点成绩，踏上高升之路。如果才能或天赋在中等水平以下，也可以放弃发展，想开了人生就是那么回事，每天都逍遥自在。

他有时也劝自己要安于现状，可是这些安于现状他总又不甘心。他也下过决心，要使自己掌握高出一般水平的能力，可是朝哪方面努力？怎么努力？心里却一直没有个谱。

像他这个年纪的年轻人，从公司下班后，呼朋唤友去酒吧喝点酒也是很常见的。他却不得不经常一个人去，几乎没有同事愿意和他结伴。大家都认为和有个性的朋友在一起喝酒快活，甚至和有某种缺陷的人在一起也蛮有意思。而像他这样平庸无奇的人，谁都不肯邀请他，甚至无视他的存在。

一天青年下班后，走进了常去的一家小酒吧。他在柜台边常坐的位置上坐下，和往常一样，一杯又一杯地喝起威士忌。

一会儿工夫，威士忌在身上开始起作用，他的嘴里传出断断续续的声音，听起来像是在打哈欠或发牢骚，又像是在倾吐内心的苦闷。

“唉，真没意思。”

这声音向四周扩散，但是眼前的侍者却不为所动，因为她每天都能听见这种话语，已经习以为常了。不过从邻座传来了声音：“怎么了？”

青年把脸转向声音传来的方向，看见一个中年男人。他也在自斟自饮威士忌，看起来是要找一个谈话的伙伴解闷，而自己正是这个对象。

“问我怎么了？啊，没什么……”青年回答道。此刻他心中的感触不是三言两语能说清的。那人又接着问道：“失恋了？”

“我巴不得失恋呢，但没有一个叫我失恋的女人哟。我的长相这么平庸，若是个美男子，也许会被人爱上。即使长得不美，若有独特的才华，也能引起女人的兴趣。可是，像我这样普普通通的人，有什么办法呢？”

中年男人凝视着青年，点了点头。“的确是。那是得罪了上司？自己的建议没被采纳？”

“不是。若是能干劲十足地给上司提出方案，有自己独出心裁的计划，就用不着长吁短叹了。”

“就是说一切都平安无事，这还不好吗？与女人有瓜葛，跟上司闹别扭，这些事是人生最主要的烦恼啊！”

中年男人用祝福的手势邀请青年碰杯，而青年却又灌了自己一杯闷酒。

“唉，平安无事，更让人难以忍受。今天，昨天，一个月前，一年前，无论回想起哪一天，全都一样。电视里经常出现自动化工厂生产的画面，我一看就感到害怕。我每天的生活不就是那样按固定流程自动生产出来的吗？而且，还要无限期地进行下去。”

“你这种心情是可以理解的。想摆脱这种现状吗？努力大干一场怎样？”

“怎么干？没有方向啊。牢骚、着急、伤心、自嘲，这些无法摆脱的情感，充斥在我心中，就像早晨上班时熙熙攘攘的马路，可我又没有整理混乱交通的能力。我资质平庸，既没有智慧，也没有勇气，平凡得可怜呀……喂，拿酒来！”

侍者又拿了些威士忌来。中年男人燃起香烟，随着烟雾吐出了谜一般的话语：“既然如此，要想从现状中逃脱，只有一个办法。”

“有什么办法？有何高见？”

“办法当然有。”

“一定要请您指点。”

“岂敢。就是靠幸运。”

青年急切地把身子探过去，听到答案后大失所望地说：“真是开玩笑。这样说就像鼓励破产后想上吊的人耐心地等待，也许有一天你会中彩票的，请抱着希望吧！’”

“不能这么简单的下结论。才刚开始，就急于落到结论上，对于现代的这种风气，我很看不惯。”

“可是，怎么合计，也还是那么回事。若想创造幸福，这是不可能的。难道你是妖魔、天使，还是有什么超自然的力量？你说你怎么能办到？”

“我当然不是妖魔或天使。可是如果我们谈一谈，也许彼此都能得到一点儿幸福。不，正确地说，是幸福的仿制品。要知道仿制品和真货具有同样的效果。”

“我听不懂你的话。”

“这么说吧，总而言之，你是对自己这种不受任何人重视的现状感到不满吧？你觉得像幽灵或像个透明人，生活没有一丝趣味。如果想个办法，能使你在公司被别人注意到，怎么样？”

“当然，如果能办到的话，当然好了。请详细说明一下。”青年又一次把身子探了过去。

中年男人好像怕侍者偷听似的，提议移到另一张桌去，青年照办了。

青年掏出名片做了自我介绍，中年男人并没有拿出名片，他只是简单地自我介绍：“我是吉盛科探有限公司的职员。”

“吉盛科探有限公司？”青年眨了眨眼，反问道。

“科探——科学探索的意思。虽然没有让你看到名片，可是我以信誉担保，无论如何请听一下我的办法。”

青年突然感到有点毛骨悚然：“我虽然对现状不满，可并不想干损害别人的事……”

“请不要误解我的意思。”

“那到底是什么办法？”

中年男人开始慢条斯理地说明：“你在公司有加班或值班的时候吧？”

“有啊。”

“到那时，我扮成强盗闯进去。”

“岂有此理！当强盗的内线，难道能获得幸福吗？岂不会变成倒霉的罪犯了？”

“我的话还没说完，请不要下结论。要想卖货，先得研究市场需要什么；想收获幸福，也得准备好接纳的环境。”

“话倒是一套一套的，可还是没有说清楚怎样干。”

“剧情是这样设计的：我先威胁你，再砸金柜，你看准时机，向我猛扑过来，我们展开一场激烈的搏斗，最终你把我赶走。另外，可能的话，尽量安排一个旁观者，作为目击证人。”

青年的脸上开始露出笑容。

“我明白了。听你这么一说，我想起与我们公司有交易关系的一家公司也发生过类似事件。赶走强盗的那个职员受到特别奖励，还升职了。那真是他英勇异常，立下功劳，还是你们科探有限公司的工作成果？”

“关于这点，恕我难以奉告。我们公司在各方面都很活跃，到处受到好评和感谢。你完全可以靠这个办法得到提升。”

中年男人边说边肯定地点着头，可青年的表情还是略带几分担心。

“升职倒是件好事。可是一旦升到上面的位置，像我这样平庸的人，能够胜任吗？”

“你何必担心。你从前为什么平凡？是因为没得到重视。现在的社会，首先得被别人重视，然后才能有生趣，才能想出好主意。在其位，才能谋其政。现在的社会就是这样。”

“话虽然这么说，可我真能干好吗？”

“我们公司是以信用可靠，传统优良而著称的，当然这行是针对时代的需要应运而生的。不是我说大话，我们公司从来没有出过差错。并且，这项工作不是对任何人都没有损害吗？不错，是会损坏金柜、桌子、窗玻璃之类的，但是这么一点儿损失也是万不得已的，到时候公司要庆贺抵御了抢劫，你将得到众人的称赞，我也得到了好处，这不是皆大欢喜吗？”

“你说你得到了好处……”

“我也不能白干啊。事成之后，请把你的全部奖金给我。如果公司小气，不发奖金的话，就算我运气不佳吧！”

“可是……”青年还是有点顾虑。中年男人继续解释说：“对你来说，哪怕是最微小的损失也没有。你还可以由此从平庸的现状中解脱出来，恐怕还要高升呢！需要付出的费用也不多。你是担心以后被我纠缠吧？不用担心，那样的话，可就关系到我们公司的信誉了。”

“不，我担心的不是那个。我可以当内线，可是到时候，若是你假戏真做，变成真的强盗闯入，可就不好办了。”

“这个问题，正是需要彼此的信任来保证的。对我也是一样，你要留神你的同事，弄不好把我当成真正的强盗抓起来，可就麻烦了。我是因为相信你不会错过机会，相信你可靠，才对你说这番话的。”

虽然中年男人这么说，青年还是有几分担心：“这个办法真的可行吗？”

“当然了。要是真想当强盗的话，我就用不着事先跟你废话了，可以直接闯进去，我们是有保证成功的实力的。可是，今天的社会，作恶和暴力已经过时了。我们公司的方针：正确地运用自己的实力，对尚处于蒙昧状态的地方和个人给予刺激和发展，以此给社会带来新的活力。”中年男人做出演说的架势，青年有些信服了。

是的，近来在人们意想不到的地方，一个个意想不到的行业陆续开创，真是难以想象啊。

“即使有当强盗的实力，犯案迟早也会被抓的，这种高成本低回报的方式划不来。何况，罪恶感会使自己陷入痛苦，对于精神生活也很不利，这不会令人长寿。与其犯罪，倒不如给你这样的青年带来自信，让你看见将来大有作为的希望，岂不更有意义吗？”

“你的话我完全明白了。”

“那么，怎么样？我们不是非要你这么干，如果不情愿，就请把刚才的话忘掉吧。”

青年闭起眼睛，考虑了片刻，如果拒绝，将会怎样呢？自动化机械生产又浮现在他的脑海中。按固定程序生产出同样产品，自己过去的那些日子，就同那些产品一样……日复一日又要继续下去，所有一切，都没变化。

青年睁开眼睛，坚决地说：“那么，拜托您了。”

中年男人叫来侍者，又要了两杯威士忌。

“来，干杯！我们要仔细合计一下。”

几天以后，轮到那位青年加班，会计科只有他一个人，隔壁的总务科也只有一个同事加班。

静静的夜晚，青年在办公室里心不在焉地打开账本，激动不安地看着手表。前几天的中年男人真会来吗？

不过，事到如今，想退出已经晚了。赌盘已经转动起来，除了等待结果揭晓，别无他策。

这时，隔壁传来巨大的响声。青年正在紧张地等待，门开了，进来一个戴墨镜的男人。

“喂！不许动！不然的话，这手枪可要‘说话’了！隔壁的那个家伙已经被我制服了！他说金柜在这个屋子里，告诉我具体位置，你就会没事！”

来人大声吆喝着，声音与前几天在酒吧相识的中年男人完全一样。青年刚要询问，对方用手枪示意制止了他。中年男人小声说：“隔壁那小子的手脚被我捆上了，嘴也堵上了，可耳朵也许能听见，若是说错了话，引起他的怀疑，一切就都成泡影了。”

“明白了。可是，请你把枪放下，用那玩意对着我，可不大好受。”

“这不是真枪，是精制的模型，反正现在我也用不着它。”中年男人小声说着，把枪放进衣袋里，接着，他又大声质问：“喂！告诉我！金柜在哪儿？”

“什么金柜？这里没什么可偷的东西!”青年也不示弱地喊着。隔壁的同事一定在钦佩地倾听。

“不想说出来是吗？”

“我不会告诉你的！”

“好，拒绝回答是你的自由，可我也有我的自由——扣响扳机的自由！你可要考虑清楚！”

两个人对峙着。一会儿，中年男人暗示他，青年会意了，开始说出约定的对话：“等一下。”

“你不要故意拖延时间，不然……我想你并不想死吧？快说，金柜在哪里？再不说，我就开枪了！”

“好吧，那个带拨号盘的就是。”

“把它打开！”

“我不会开。”

两个人继续进行对喊的表演。中年男人小声对青年说：“我需要打你个耳光，疼也得忍着点，不然不真实，效果也不好。”

“没法子，请力气小点。”

可是中年男人使足了劲，打在青年脸上，青年不由得喊了一声：“哎呀，好疼啊！”但是，马上又继续说商量好的台词：“不知道，就是不知道！只有科长才知道开柜的方法。”

“还想挨揍吗？”

“无论你怎么打我，就算是打死我，我也不知道！”

“是吗？好像是真不知道。好，那么我自己开。你面对墙站着，你敢动一下，我就送一颗子弹给你做礼物！”

中年男人从衣袋里掏出小型手钻，在保险金柜的刻度盘上钻了起来。金属屑飞散在地板上，洞越钻越深。“真是个老手！”青年佩服地看着。中年男人小声提醒他：“喂！开始打吧。你抡起那把椅子。”

青年举起身边的椅子，砸在桌子上。木制的椅子四分五裂。中年男人也叫嚷着，将桌上的电话机、烟灰缸摔到墙上去。两人就像在痛快地玩一场游戏，越玩越起劲儿。

终于，中年男人抡起椅子，砸坏窗户，逃了出去。

“站住！想跑吗？”

青年也跟着从窗户跳了出去，追到窗外的黑暗处。于是，“戏”演完了。

中年男人笑着说：“怎么样，守信用吧？一夜过后，你就会成为公司里的英雄，好像在做梦吧？”

“啊，您帮了很大的忙……”

“送酬金的地点，改日再约定，那我先走了……”说着，他在黑暗中走远了。

青年目送他远去。然后又回到办公室，看看“演戏”的现场露了马脚没有。似乎没有什么问题。他头脑中突然一闪，动手拉了一下金柜的门，柜门开了。“难怪说有作案能力，真是身手不凡。”青年心里一边叫好，一边向柜里瞅了一眼。霎时，他瞪大了眼睛。

好多捆钞票，他的眼睛无法离开了。今后即使升职，恐怕也不会有机会弄到这么多的钞票。他全身都直发痒。

他在和欲望做斗争，在开动脑筋，进行了一番分析：如果全部拿走，事情就要闹大；如果只拿一部分，就可以嫁祸给刚才那个中年男人。错过这个好机会，就有点太可惜了。于是，他拿出其中几捆，藏在包里。然后，又擦掉了自己的指纹，走进了隔壁房间。

总务科的同事还被绑在那里。青年掏出塞在他嘴里的东西，一边解绳子，一边说：“没事吧，我已经把强盗赶跑了。”

“谢谢。我完全帮不上忙，真把我急死了。”同事松了口气，感激地说。

“没受什么伤吧？”

“没事。你怎么样，脸肿得那么高，变形了。我隔着墙都听见了，之前不知道你是这么勇敢的人，得重新认识你了。”

“哪里，人在危急的时候，也不知是哪里来得那么股子劲儿。”青年在心里暗笑，“谦虚”地说。

“别谦虚了，如果没有过人的勇气和胆量，绝不会那样。我就惨了，没防备，被捆住手脚。走，快看看有什么损失。”

青年领着同事走进会计科的房间。

“那家伙在这儿亮出手枪，我在这儿被打了个耳光。接着，他让我站在这儿，他去开金柜。当他打开柜门，把钞票往衣袋里装的时候，露出了破绽，于是我猛扑上去，跟他开始了搏斗。后来那家伙从窗户跑了，失去了逮住他的时机，真是遗憾。”

“用不着遗憾，你已经把公司的损失减到最低了。”同事的脸上满是尊敬。

一切顺利。第二天早上，青年一边享受同事们的注目礼，一边走进公司经理室。

“啊，请坐吧。”

青年挺起胸脯，在椅子上坐下。

经理说：“据你报告，你昨晚加班时，来了强盗？”

“是的，我竭尽全力和他厮拼了一场，但没有抓住他，错过了时机。”

“你的表现我已从会计科的职员那里听说了。你昨夜很活跃，可是……”

“啊！”

“把这个给你。”

青年打心里叫好，他接过了一张纸。

“实在感谢。”

“感谢什么？为什么高兴？”经理皱起眉头问。青年莫名其妙，不知所措地反问：“不许高兴？”

“请读一下那封解雇信。”

青年这才把眼睛转向那张纸，上面印有“解雇”两个大字。

“您是在开什么玩笑吧？我与强盗搏斗，竟被公司解雇？”

“金柜里的钱数不对。”

“那是被强盗偷走的啊，我没有责任。”

“那个强盗绝不会偷钱，吉盛科探有限公司的职员是守信用的！”

青年万万没想到经理会说出这样惊人的话。

“啊？你怎么知道那个公司的名字……”

“我们公司很普通，没什么引人注意的特色。因此，我们担心将来的发展，必须想办法引起社会的关注，所以找吉盛科探有限公司商量，请他们就职员的提升问题进行测验。现在正用各种办法对所有职员进行测验呢！”

“是这么回事？那么，我落选了！”

青年嘀咕着，连站起来的力量都没有了。经理用略带可怜的目光看着他，说道：“拿去的那些钞票，就作为你的解雇金吧……”

继承者

“……你说的那个事件，我都已清楚了。关于你伯父的去世，真是不幸啊。”

卫生局的一间办公室里，尽管那位官员一副莫名其妙的表情，但是讲话的语气始终是诚恳的。对面的青年探身说：“我只有一个亲人，既没有父母，也没有兄弟姐妹，有血缘关系的只有这个伯父，而伯父的亲人也只有我。”

“你一定很伤心，我是充分理解的。可是你到这儿来，究竟有什么事呢？”

“我想，对于我伯父的死，你们是否应该承担些责任？”

“的确，我们这个部门主管国民健康生活。你是认为往大了说，我们连死都得管是吧？不过对不住，那不是我们分内的事。”

“那么，是有另外的部门负责吗？”

“当然了。据你所说，你伯父是外出散步时倚在栏杆上，那栏杆坏了，你伯父才掉入河里，陷进淤泥里死亡的。是这样吧？桥，当然是道路的一种，从这一点出发，这是主管交通方面的政府部门的事；桥的施工质量出了问题，这恐怕是建筑方面的事；桥的材料质量不好，那是主管工业方面的政府部门的事。淤泥问题，那是由主管江河的政府部门负责的；方才你说，如果警察按时巡逻，伯父也许会得救，这又是警察的责任了；附近没有电话，报警的过程耽误了时间，从这一点看，又属于主管通信（电报、电话）的政府部门的职责；若是从事发地的角度考虑，说不定与地方政府也有关联。那条河位于县境，说不清属于哪个县吧？不过，不管哪一项职责，都确实不属于我们这个政府部门分内的事。你应该联系我方才列举的其他部门呀！”

青年频频点头，从头到尾听个仔细。

“说真的，那些政府部门我都跑遍了。可是，无论到哪里，得到的都是同样的回答——不归我们管，到别的地方去吧！如此而已。”

“可是又能怎么样？你根据常识想一想吧，我们这个部门能负这个责任吗？一个管卫生的部门……”

“老实说，我并不这么想。”

青年这样回答着，稍微笑了笑。而那位官员一副轻松的样子，他认为这个青年只是来找麻烦的。

“那么，你为什么到这里来呢？”

“为的是了解负责的部门究竟是哪里。我刚才在似乎不无关系的地方绕了一圈，但我对这些地方并没抱有多大希望。不过，若是没发生那个事故，伯父一定会长寿的，他很健康。”

“关于这一点我很清楚。那么，如果你因此而在生活方面出现困难，又确实能够证实你的贫困状况……”

“不，这一点请你放心好了。这个问题就谈到这里吧！”

青年摆摆手，把一脸不耐烦的官员甩在后面，大摇大摆地走出这个政府机关。他踏上归途，奔向位于郊区的家，也就是过去所有权属于他伯父的家。

伯父的死亡，不仅没有给这位青年带来生活上的困扰，反而使他的生活水平得到很大的提高。但不久之前，也就是在伯父去世前，青年的生活倒是非常困窘。

不知道是因为青年的生活方式不令人同情，还是因为伯父的性格极端吝啬，也许两者兼而有之。一直以来，伯父住在高级住宅区，拥有巨额财产，但是一分钱也不给这位青年，连零花钱也不给。青年不断地纠缠索取，伯父也不断地拒绝。如此不断重复，青年的行为变得越来越偏激。他曾对一个品质不好的伙伴试探地说："怎么样？我打算去偷伯父家，你肯帮忙吗？里面的情况，我全都知道啊。"

"可以帮忙。事情顺利的话，对半儿分也不错。"

"喂，谁说对半儿分了，你帮忙的报酬只能是一成啊！"

"那算了吧，入室偷窃，才分那么一点点。"

"不行就算了。对半儿分，岂有此理，况且最终都是属于我的财产……"

虽然这样说，等待是漫长的，目前还是无望的。伯父身体健康，一般的疾病是不会让他死去的。弄不好，生活不规律的青年也许反倒会先死。若是那样，就更扫兴了。

青年是个自己一人什么也干不成的家伙，于是他想要寻找一个能替他杀人的人。他对杀手说："怎么样啊，能不能替我把伯父收拾了。弄得好，全部财产就会落到我的手里。"

"可以做到，不过，我能拿到多少报酬？"

杀手一旦发现需要杀人，便断然坚持高价。青年虽然认为代价过高，但又觉得这和当小偷不同，这样全部财产即将到手。而且对方在价格上始终不肯让步，他终于下决心答应了下来。

"好，就给你那些钱吧。"

"那么，我答应，但要先付给我一半的定金。"

"岂有此理！等事成之后再付。"

"若是你事后不认账，一切都晚了。所以，我不同意。"

用未来的财产作抵押，谁也不肯借他钱，于是青年到处碰壁。青年失望了，他认为伯父的钱似乎不大可能弄到手了。幸运的日子，什么时候才能到来呢？杀手会不会向别人泄漏自己想杀伯父的秘密呢？

然而，其后不久，"幸运"的日子意想不到地来临了。出外散步的伯父倚在桥栏杆上休息时，栏杆坏了，伯父落水而亡。这个悲剧对于青年来说，却真是出乎意料的喜事。事情竟这样发展下去，不用委托高价的职业杀手，真是万幸。

于是，青年一下子拥有了房子、存款……

沉浸在回忆里的青年又回到现实中已被他据为己有的伯父的家。佣人出来迎接，并且报告说："您回来了，有客人在等着您呢。"

"谁？"

"好像是政府的人。"

青年听后，歪着头想：是政府哪个部门的人呢？他绕屋巡视一周，东西没有被动过的痕迹。他充满疑惑，开始与客人寒暄起来："让您久等了，您是哪儿的？"

"从慈善总会来的，为了接管你伯父慈善捐献的事。"

青年显然对此一无所知。

"有那样的事？我还不知道。那么，请告诉我该怎么办。"

"你尽快搬离此处就可以了。"

听到对方要自己搬出这所房子，青年不停地眨眼。

伯父究竟犯了什么傻，居然不要我这个侄子，还将全部财产无偿捐给慈善机构，一分钱都未留给自己的亲侄子，我还是他的义子呢！

慈善总会的工作人员将一份公证书和一份遗嘱交给青年。青年用颤抖的手翻看着公证书，不多久就倒下了。公证书上有一行加黑的字，写明："鉴于我侄子的行为，为了拯救他，我的全部财产将捐献给慈善机构。"

青年清醒之后发疯了，被送进市中心医院的神经科诊室，他的病被大家戏称为"神经性继承狂"。

连环套

"嘟嘟嘟"

传来了敲门声。这所园林式住宅坐落在靠近海岸的松林中，规模不算大，但似乎造价很高，修整得十分整齐的庭院非常宽敞。

现在是午后两点，若是在市区，正是人声鼎沸的时候。但因这里是郊外，空气清新，四周寂静。

住户是张歌和他的女儿张莉。张歌的妻子几年前已经去世，如今只有父女二人住在这里。

在邻居的眼中，两人过得悠然自得。

张莉正坐在椅子上看书，听到敲门声后站了起来。她今年二十七岁，头发长长的，皮肤白皙。表情给别人的印象是很冷漠，实则把感情藏在心里。

她打开门，门外站着一个提着小皮包的青年，大约三十岁。来者没有鲜明的特征，似乎有点紧张和拘束。张莉问道："您是？"

“我，我叫欧真。我想见一见张歌先生。”

“您有什么事吗？”

这位自称欧真的青年，似乎想要说些什么来缓和气氛，但欲言又止。

“我想，市志愿者协会缘十亲组已经与你们联系过了吧？我就是张歌正在寻找的儿子。”欧真结结巴巴地说出此次来访的目的。

张莉一听，睁大了眼睛，说：“啊，您就是……志愿者协会刚才来过电话了，我正在等候您，尽管我没见过您。”

张莉目不转睛地看着欧真。欧真很不好意思地问道：“请原谅我的冒昧，您是？”

“我是张歌的女儿，叫张莉，也就是您的……”

张莉说到一半，放低了声音，好像难于张口说出“您就是我的哥哥呀”这样的话。对刚见面的人，很难说出这样亲热的话语。

“原来您就是……”

欧真也说不下去了。但他并不是因为不好意思，也不是因为心情激动，一切都是在演戏。

这是一个经过周密计划、反复练习之后的行动。人物已经登上舞台，目的是要分得这家的一笔财产。

张莉说：“请到里面坐。”

她把欧真引进客厅。欧真跟在她身后，边走边悄悄地观察屋里的摆设。地板铺着厚厚的地毯，墙上挂着颇具艺术性的绘画，从家具到台灯看来都很值钱，所有陈设布置很雅致。可以推测，在精神上和物质上，他们的生活都很充裕。

欧真用结结巴巴，又有点焦急的口气说：“我想快点见一见父亲……”

一定要自始至终表现出紧张的样子。好容易盼到了同父亲见面的机会，在这种时候，千万不能闲聊或说笑话，免得被怀疑。

“父亲正在午睡，他年纪大了，身体也不太好。他睡醒以前，我们谈谈好吗？边谈边等。”

张莉站起来，泡上红茶请他喝，继续说道：“我们的情况您可能已经听说了。三十年前，父亲办工厂失败了，一下子变得一无所有。当时儿子刚刚出生，实在养不了，不得不送给别人。不过，后来父亲拼命工作，积累了一些财产，生活也不困难了。可是生活越安定，父亲越想念自己的儿子，他感到很苦恼。我实在看不下去，便委托志愿者协会帮忙寻找那个孩子。”

“事情的来龙去脉我已经听说了。今年夏天，有一天我在游泳池游泳时，突然有一个陌生人跟我说话，这个人就是志愿者协会的毛先生。他指着我背上的黑痣，说这个黑痣就是他们正在寻找的那个人的特征。我就是在那时听说我的身世的。”

欧真煞有其事地说。第一次在游泳池与毛先生见面，这是事实。但与其说听说了自己的身世，不如说参与了这一阴谋诡计。

当然，他刚一听到这一计划时，由于事情太突然，他有点踌躇。但是毛先生反复强调说，只要按照他的计划去办，准能成功。当时，欧真正厌恶自己连婚都结不起的穷日子，于是他就答应了参与这一计划。

张莉边点头边听欧真的叙述，她用略带怀疑的口吻说道：“有黑痣，这是符合寻亲条件的，黑痣不能人工制造。不过光这样还不够，需要更多证明才好转达给我的父亲。”

“您说得都很对。”

“首先，那个孩子应该是叫张期，您刚才说您名叫欧真吧？”

“为了证明身份，我带来一些文件。我本想早一点来，可是我考虑到空着手来你们是不会相信的……”

欧真打开皮包，取出几份文件。这些文件都是按照毛先生的主意准备的。他拿出其中的一份说道：“这个文件是我的父母，不，应该说是我的养父母的证词。这份文件说明，他们收养了幼小的我，并把我当作亲生子给我上了户口。所以我的名字叫欧真。这下您明白了吧……”

“您带来的文件真不少。还有什么别的内容吗？能不能让我看一看？”

“当然可以，这些文件就是为了给你们看的。您看，这是我的血液鉴定文件，这是……”

欧真做了详细的说明，拿出了各种文件，其中还有陈旧的文件。不过，这些文件都是假的，是在毛先生的指挥下，用晒太阳或泡药水等方法加工后，才变得陈旧的。

张莉拿起文件，一份一份地仔细看起来。

欧真悄悄地观察张莉，思忖着：张莉是个美人，给人的印象也不坏。如果能和她结婚，就能把她家的财产弄到手，也就无须进行这么复杂的把戏。

然而，这当然是难以实现的。欧真并没有什么财产，也没有特殊的才能和有力背景帮助他发展。即使有机会追求她，也会被拒绝的。所以除了冒充她哥哥之外别无良策，只好以兄妹关系相处，反正将会得到一笔财产。

张莉看着文件，紧蹙双眉，一遍遍重读，旁观的欧真心里直打鼓。

然而，张莉看完全部文件后，深深地点了点头，说道："有这些就可以了。不过，我可没有决定权，最后还是要听凭父亲的判断呀。"

"您说得很对。我相信，我和父亲一见面，他一定能认出我的。"欧真向前探出身子说道。

与父亲初次见面时应如何表演，他很有把握。要巧妙地把感激与踌躇、怀念与羞怯 、高兴与尴尬等感情混合起来。为此，他一直练习到自己能够随时流泪的程度。

这时，泪水已顺着他的眼角流下来了。他下定决心，要承受住最后一次考验，把张歌的家产分到手。

"父亲会怎么说呢……"

张莉嘴里嘟囔着，脸上的表情有点复杂。她表现出与哥哥重逢的喜悦心情，同时也表现出对这个突然闯入者的某种不安和警惕。

欧真也立即觉察到了这点。若是平时，他也许不会如此敏感。不过这一点也是毛先生曾经提醒过他的。

不言自明对于张莉来说，增加一个继承人，她会受到损失。所以，必须对张莉表明，自己对他们家的财产并没有野心。否则，这件事是否会付诸东流也未可知，因为张莉的态度也可能会影响父亲的决定。

为此，欧真采纳毛先生的建议，向亲戚朋友借钱，说为完成平生之愿，只借一次。他用这笔钱买了一条钻石项链。

欧真从皮包里取出装有钻石项链的盒子，把它递给张莉。

"空手来拜访，有点不好意思，所以我买了一件礼物送给你。希望妹妹喜欢……”

“哎呀，真好。很贵吧？”张莉打开盒子看了看，立即喜形于色，脸上原有的怀疑顿然消释。

“不，不太贵。”欧真佯作满不在乎的样子。不太贵？这条项链的价格，几乎是一个普通公司职员一年的工资收入。不过，他看着张莉的眼神，便知道这项投资是值得的。

只要能成为继承人，就能很快地把钱赚回来，立即还上这笔债。他按照毛先生出的主意做了周密的准备，事情进展得也很顺利，这让他放松下来，只要再加一把劲儿就成了。

张莉把项链戴在脖子上，照着镜子。

“真好，我可以收下它吗？”

“当然可以。父亲还没睡醒吗？我想尽快见到他。”

欧真精神抖擞地走出最后一步。

然而，张莉却说出了与欧真的期望完全相反的话：“但是，您见他，恐怕也无济于事。”

“你这是什么意思？他好不容易才找到了自己的儿子，难道你认为我不是他真正的儿子吗？”

“是的。其实我父亲根本就没有儿子，所谓被人收养的儿子是虚构的。”张莉的冷言冷语使欧真火了。

“这，太不像话了！你们竟然用这样的恶作剧来骗人！”

“究竟是谁到这里来骗人的呢？”

欧真愤然站起身来，说：“我要回去了，请您把那条项链还给我！”

“那可不行！项链不是您说要送给我的吗？您若是一定要把它要回去，那您到派出所去报案好了。不过这样做，您就要坦白自己的诈骗行为。”

“谁还费这个事……”欧真刚想动手抢回项链，张莉吹了一声口哨。应着她的口哨声，一只狗立刻朝他们跑了过来。这只狗并不太大，但看起来很凶猛，也很敏捷，对着欧真低声吼叫。

“只要我一下令，它就会扑向您。”

这一来，欧真不敢乱动了。可是他一想到自己付出的心血和筹借的钱，怎么也不甘心。他说：“请不要唆使狗咬人，我可以走。不过那个叫毛先生的志愿者太坏了，不能就此罢休！我这就去找他算账……”

“您算了吧，他和我们是一伙的。您去也是徒劳，他恐怕早已到国外去了。”

刹那间，欧真的美梦和期望破灭了。他茫然不知所措，哭出声来。这回不是演戏，而是真的流泪了。

“哎呀！我该怎么办？”

张莉好像安慰他似的说道：“您别那么垂头丧气，我给您出个好主意。”

“什么好主意？事到如今，你还会有什么好主意？”

“有的。这回您可以扮演毛先生的角色，抓个冤大头，哄他到我们这儿来分家产。若成功了，您可以分得收入的一半。您如能抓十个冤大头，到那时您就会乐得嘴都合不上了。”

“原来是这样的圈套。”

“怎样，有精神了吧？具体做法您已经熟悉了。不过为了慎重起见，咱们还要细致地商量一下……”

特诊牌

老伍从诊所出来时，嘴角挂着一丝冷笑。他不顾满室惊异的目光，将视线定格在铜镌的方牌上。上面有六行大得骇人的头衔，心想自己若能有其中一项也足够了。眼前总浮现出刚才给自己看病的“名牌”的模样：他和自己一样，看起来才四十开外，头上却几乎快秃顶了，只象征性地剩了几撮黑发；脸庞比自己多一些横肉，双眼也和自己一样，射出敏锐和狡黠的光芒，不过自己比他多了一份果断。关于收费情况，配药小姐一收就是五十元，大包小包，红的丸、绿的丸、黄的丸、蓝的丸、红黄的丸、白蓝的丸，绿的水、粉红的水……由配药小姐手中递到他手上。这些药值多少钱，他很清楚。配药小姐还在一一向他交代各种丸的效用和服法，老伍只觉得既可笑又啰唆，真想向她说：“你还没说全呢，再跟我实习五年吧！”但到底还是忍住了，毕竟自己没有“牌”呀。再说，自己也根本出不起请她的钱。“名牌”的诊治手法和自己大同小异，开的那些药方，字写得龙飞凤舞，但他还是看得懂的。这些药，他以前不知给病人开过多少次！老伍的牙咬得“咯咯”作响，恨当年国外的洋专家骗了他，到今天不管什么试卷，只能吞，不能吐，看得懂，答不出。

老伍手抓着那几瓶药水和几包药丸，正要转身往外走，忽然看到配药窗口里刚才那位配药小姐对他嫣然一笑，像朵灿烂的花。对了，小张长得有点像她，不同的是小张发后甩着两条小狗尾巴，有时还会扎着红红的蝴蝶结，少了她那份俗气。那时她给自己当助手，老伍最喜欢逗她，许多时候开的玩笑都很粗鲁。小张的男朋友小李婚前一个月要老伍“动手术”，老伍就开小张的玩笑：“小张，小心我会剪掉它！”小李怕羞，不让老伍的助手在场，那天老伍只好单枪匹马上阵了。谁知动手术时，老伍的小女儿偷偷闯进来，因为好奇而偷看。事后她到处跟人家说：“李叔叔的鸟没了，给爸爸割了。”啊，往事真有趣。小张和小李如今必有了小宝宝，小张也提升为正式医师了吧。

老伍叹了一口气，终于跨出了诊所的门。在路上走着，忽然觉得今天的行动有点无聊。他只是想亲自了解、领教“名牌”的奇技妙艺，看看他们究竟开些什么灵药仙丹及收费情况。他刚才扮演了一个病人角色，实际上只是和那位医生开了一个玩笑。他付出了五十元“学费”，似乎收获不大。

一辆公共汽车停在路边车站，老伍飞跑着跳了上去，在上层找到一个座位。那些不断在车窗外掠过，几乎擦着了车顶的，从大厦延伸到大马路上方的各种招牌吸引了他。各种各样的牌子：广告牌、公司招牌、舞厅招牌、饭馆招牌、麻将馆招牌、美容院招牌……但他最感兴趣的，还是这些诊病招牌。“妇科”“专治疑难杂症”“男女暗病专家”“痔瘘博士”“验孕新法，一验即知”……林林总总，堂堂正正悬挂着、拥挤着。老伍心中有点羡慕，一阵悲哀袭上心头。

他过去也曾有过许多牌，但那是挂在胸襟上的。铜的、镀点金的、铅的、银的，小的如一粒小纽扣，大的像饭店里盛扬州炒饭的圆碟。他像许多人一样，狂热地搜集这些。老伍曾在大会上被授予过各种牌，报上也刊登过他的大名。那一年，单位的人跑的跑，靠边的靠边，他被下放到一个偏僻的村落。不料尚待改造的他，却被当地农民视为救星。在一个无月的夜里，他听到了急促的敲门声。他并不是妇产科医生，但人道主义的使命感，竟然让他创造了奇迹。在几支手电筒的照射下，他把一位已离死神很近的难产村妇救活了。这件事的影响力超出了村落，轰动全市，他的名字见报了。他操的是一把外科手术刀，剖腹缝肚，手艺精湛娴熟，家里常坐满来送礼谢恩的人。原本有些同行对他不太服气，经过“无灯接生”这一役，都公认他是真正的“名牌”。

但这种日子没多久，老伍就有了另一种牌。这种牌是木制的，挂在脖子上的。理由很简单，只因他有一个马来西亚籍的母亲。由于老伍在另一片土地生活时的那段历史“不清不楚”，于是不久他便被排挤，回到本国的土地生活了。他现在每天为取得牌而忙碌、奔波着，这是职业的牌，争取生存权利的牌。

车子要开很久才能到家，路途很远。老伍望着马路一边的牌，眼睛疲倦极了，闭上眼小睡一会儿吧。来小岛后的日子，一幕幕浮现又隐去。有一阵子，他到工地去搬沙，有几个同大厦的住户知道他的底，一病就找他，弄得他无法安心搬沙，也不忍拒绝，终于把工作辞了。但也就这么几户，总不能希望他们天天生病来养自己吧。他又到码头扛菜，做到第三天就扭伤了腰，脊骨疼。给人家治伤正骨十几年的他，这次却需要同道来帮他治伤。好多朋友劝他不要放弃自己的那一套，太可惜了。于是他做了新的考虑，购备了一些东西……

老伍闭着眼睛，像是睡熟了，嘴角挂着甜蜜的微笑。头顶上，几根黑发被风吹得直颤，高而宽的前额射出一种油亮的光，瘦凸的颧骨很怪，仿如堆起的肉在笑。他的整个脑袋不太大，但其中却积聚了混血儿特有的聪颖基因。他很少被病人的问题难倒，他对已经绝望的病人向来充满信心和希望，这点使他逐渐忙碌。那些让他忙碌、奔波的牌，正如一件贵得惊人的衬衫，穿起来并不见得有任何特别之处，值钱的仅是绣在口袋上的那个名厂商牌。也有些没有牌的衣服穿起来惊人的舒适，而且经久耐穿。本性和本能总是要表现出来的，无论是人是物。有今天这般境地，也总算不错了，老伍在梦里笑了。

车子猛地颠簸了一下，老伍睁开眼，发现此时车子正停在一条人很多的窄路上，大概是菜市场吧。他看到抱小孩的少妇，卖菜的、买菜的，男人、女人，各色各样的人，闹哄哄地在车子附近挤呀推呀，吵嚷着，听不分明。抱孩子的少妇脸色通红，对面前的一个男人破口大骂，围观者里三层，外三层，孩子在“哇哇”大哭。叽叽喳喳声中，老伍听到好像是在拥挤的人群中，少妇的屁股被那个男人摸了一下。警察来了，劝散人群，道路又恢复通行。

车子驶到金带街一带，老伍看看腕上的表，已接近傍晚六时。马路两旁的各种灯饰亮起来了，老伍猛然想起有个病人要来，也许现在已在家里等候了吧？

记得朋友将这位病人介绍给他时，说病人的腹部膨胀得有如怀孕四个月。他最初仅是腹痛、尿频、血尿，经治疗后好转，却转为慢性疾病，最终引起肾功能衰竭，无尿、高血压、全身浮肿。他流着泪绝望地说：“老伍，我父亲为了治好我的病，已卖掉两块心爱的瑞士梅花金表、一套洋房。香港、广州，哪儿我都去看过了，许多‘名牌’医生见我这副模样，都不愿给我看病，说我只能再活两个月……”年轻的病人痛苦地低下头，继续说下去，“全家人都照顾我、满足我，但我知道，他们都已接受了我即将死亡的事实，一个个摇头叹息，无能为力……”老伍安慰他，并让这个病人定期来家中治疗。先不管治疗效果如何，病人已接受了老伍两年多的治疗。两年！熬过了两个月的危险期，病人没有死。如今，他对病人的治疗仍在继续。

这两年来，无数被老伍治好的病人，逢年过节都爱来他这送送礼，聊聊天。和过去一样，老伍的心里却常常布满忧郁，内心的恐惧如同一只无形的恶魔之手，紧紧地攫住他。他不得不时时提防暗中的箭，每当听到按铃声，他都一边透过防盗眼小心翼翼地望，一边叫妻女做准备，收拾好一切。他想不通的是，他凭着并不比任何同道逊色的才智和技术，做着崇高的救死扶伤的职业，假如多一些跟他类似的人，一定可以减轻市民排队轮候之苦，有益于人群，造福于社会。为什么这点心愿不获谅解，自己还要长期生活在黑暗里？事实终于还是使他醒悟了，只是因为他没有牌。

他想要争取一个牌，因此勤奋地钻钻豆芽儿字。家中，各种各样的工具书已塞满书架。有了牌，他一定不会像今天那个有六个头衔的“名牌”那样马虎，没病也照样开药；有了牌，他要送女儿芳儿和芬儿进较好的学校，让妻子去做她喜欢做的工作，而不必像现在这样只能做他的助手。

车子终于停在家附近的车站。老伍从车上下来，径自往家走，上五楼，敲门。

妻子来开的门，脸色不太好。

“病人来了吗？”老伍问。屋里的气氛不太好，地上瓶瓶罐罐一片狼藉，似乎被人抄过家。

妻子一言不发。刹那间，老伍脑海里闪过无数种念头，当事情在他脑海中逐渐清晰时，他像被定住似的站在原处一动不动，似乎在等待什么。周遭安静得如结了冰，芳儿和芬儿惊恐地畏缩在他身边，把头贴在他的腰腹，他用手抚摸着她们的头发。

很快地，从房里走出两个未穿制服的人。他们各从上衣口袋里取出医监的证件，在老伍面前晃了晃，叫他跟他们走一趟。

老伍明白眼下发生了什么事，也清楚接下来必须要办的事。“要我放弃，简直不可能，以后走着瞧。”老伍对自己说。他对两位陌生人笑了笑。他原谅他们的行动，这并不是他们的错，这是他们的职责，关乎他们的饭碗。

老伍的妻子和女儿们也跟着下楼，目送老伍上了那两个人的车，直至车子在被各种招牌挤压得很狭窄的金带街上开走、远去。

三年后，老伍的大女儿嫁给一位官员的儿子。结婚前，她给老伍打造了一块特诊牌，比机关办公楼前的牌子还大。这块牌威严而显眼地竖在家门口街边的大门旁，排队就诊的人挤满了金带街。

母女陌路

瓢泼大雨下个不停。抬头望，阴霾漫天，雷在乌云中闷响。

青葱仔躲在屋檐下，神情焦急，时不时紧缩着脖子，抵御刺骨寒风的侵袭。

他看看手上的表，又望望灰暗的天，脑海中浮现出老板那副刻薄冷酷的嘴脸。他把心一横，冒着大雨冲了出去，奔向对面不远的一间大酒楼。

他变成了落汤鸡！所幸老板还没有驾到，和他拍档的老工友也刚到。刚才害怕迟到的焦虑感终于放松了下来。

穿着湿透的衣裳工作，滋味真不好受。青葱仔站在梯子上抹了一块又一块大玻璃，湿透的衣裳紧紧粘着背部，十分难受。冷风刁钻地从门缝吹进，直透心扉，使他微颤起来。

“喂！”突然一声吆喝把他吓了一跳，“哪来的水？瞧瞧你的衣服！是叫你来搞清洁的，不是叫你来弄脏这里的！地上这么湿，人怎么走啊！”

青葱仔朝下一望，梯子下面湿淋淋的，原来是他的湿衣裳淌下的水。可是骂他的并非老板，而是酒楼里穿西装的什么部长之类的人物，摆出一副神气活现，俨如大老板的样子。

“你瞧那里！”青葱仔不服气地指着门口到大厅的地方，那里是顾客进进出出的必经之路，地上是层叠交错的脚印，又湿又脏。

“我们是做生意的，人家是顾客，而你……”部长见小工青葱仔竟敢顶嘴，火一上来，结结巴巴地讲不出话来。

“我怎样？我湿衫淌下来的雨水比那些泥巴还脏吗？”

“你是来打工的，知不知道？”

“我问你，”青葱仔毫不让步地说，“你怎么知道我等一会儿不会把它弄干净？”

说毕，他用地拖将梯子下的水拖干净了。

“哼，你这小子，小心点！”部长虽气得吹胡子瞪眼，但再也没话好说，只好上楼去。

“小心点？哈！总不会杀了我吧？大不了向老板告状，炒我鱿鱼。哼！炒鱿鱼，东家不打打西家，有什么大不了的。”青葱仔想。

他开始蹲在二楼楼梯间擦铜垢。干这种活需要内劲，所以比刚才擦玻璃更吃力。青葱仔头上冒汗，全身发热，便把湿透的外衣脱下，搁在楼梯扶手上。

上上下下的顾客从他身边走过，他只顾蹲着擦地，根本看不到上下楼梯的人的脸，人们也只能看到他的背部。

“哟，”一个女人的尖叫声从头顶传来，“什么脏东西搁在这里，把我的手都碰脏了。”

青葱仔抬头一望，原来是一个打扮新潮的女人。他还没弄清楚究竟发生了什么事，说时迟，那时快，那件搁在楼梯扶手上的湿外衣，已经从高处飞到一楼的栏杆处了！

这无疑是那个新潮女郎的“杰作”。

这件湿外衣闯下的祸非同小可！那个部长闻声跑过来，弓着腰，递上一条热毛巾给女人擦手，神态活像哈巴狗。

“哼！你看，把我刚修过的指甲碰花了，”她伸出涂着七彩指甲油的手指给部长看，“还有我的新衣……”

部长一面赔笑，一面怒目瞪着青葱仔。那新潮女郎上了二楼，又突然下来，飞起一脚，故意把青葱仔面前的水桶踢翻后，才悠然转身上了二楼，边走边发出“咯咯”的笑声。

下班了，青葱仔疲惫不堪。天还下着毛毛雨，虽然出过一阵子太阳，青葱仔却并没感到丝毫暖意。望着铅灰色的天，他感到了一种莫名的寒冷。

不久，倾盆大雨再次来临。他正在路上走着，急忙跑到附近有顶棚的菜市场躲雨。对于雨，青葱仔不知怎的，总会产生一种怨恨心理。

青葱仔的妻子下班通常比较晚，要等到何时雨才会停呢？青葱仔心急如焚，他还要回去做晚餐啊。

“那边有张椅子，坐着等一会儿吧。”一个卖菜的阿婆似乎很理解他的心情，安慰他说，“反正现在雨很大，一时也走不了。”

青葱仔看到有一张椅子放在空箩筐堆的旁边。他正要坐下，另一个卖菜的阿婆拿了一叠报纸给他垫着。

“谢谢。”青葱仔坐下来。

一会儿，起风了，大风夹着斜雨向青葱仔吹来。青葱仔犹豫着，四面风雨，该躲避到何处？

两个阿婆叫他：“快，快，把椅子搬过来。”青葱仔搬着椅子走到卖菜阿婆身前。

一个阿婆接过他的椅子，摆在她的菜摊前——那里堆着东西，可以挡风避雨，青葱仔愣住了。

“反正现在没有生意。”阿婆说。

真是福无双至，祸不单行。因前头地势高，排泄不出的雨水竟顺势向这里奔来，眼看青葱仔的皮鞋就要被淹没了。

一个阿婆慌忙拿出一个小木箱给他垫脚，另外一个阿婆唯恐小木箱不够高，又加了一个畚箕叠上……

半小时后，雨终于渐渐小了。

“可以走了，等一会儿雨大起来，又要等上半天了。”热心的阿婆说。

青葱仔站起来，谢过两位阿婆，飞跑到露天小巷。刚走几步，忽然听到后面一个阿婆叫喊："先生，拿把伞去！"

毛毛细雨中，青葱仔接过雨伞，望着这位善良的阿婆，只见她赤着双脚站在积水里。一种难以言状的激动充满他的胸膛。接过雨伞时，他顺手给了阿婆五元钱，但被阿婆拒绝了。

青葱仔便跨前一步，将五元钱放到一张小木桌上。桌上有相框，青葱仔好奇一看，惊呆了，照片上的三个人中有一个神似那个新潮女郎。阿婆见青葱仔看着相片发呆，说："你认识我女儿？就是中间这个。她阿爸早年去国外了，常寄点钱回来，但仍不够她花销。"

青葱仔不敢相信这位阿婆就是新潮女郎的母亲。

一路上，青葱仔很不安，想着在风雨袭来之际，那两位阿婆把"避风港"让了给他，而自己却站着。

素不相识的卖菜阿婆、新潮女郎，还有那个摆臭架子的部长，他们的脸孔，一张一张地在青葱仔眼前闪现。善和恶，美与丑，像油水一样分明。

傍晚，天依然下着毛毛细雨，但白天的污浊已被雨后的清新的空气所代替，使人感到了微微暖意。仰首遥望远处天边，竟呈现出一抹耀眼的夕阳余晖。

百草仙子

话说明朝嘉靖年间，罗浮山吴屋村有个叫吴中郎的俊秀小伙。他勤奋好学，懂得不少中草药知识，自学成为当地著名医生，治好了无数常见病和疑难杂症。

一日，吴中郎上山采药归来，见药袋里装的奇花异草甚多，色彩艳丽，跑了一天山路也不见枝枯叶萎，仍是青绿一片。他不忍将它们捣碎晾干，便在屋后园子里栽种起来。只几天工夫，这些色泽各异的奇花异草，在他的精心呵护下，竟长成满园春色。吴中郎高兴极了，不由唱起了一首顺口溜：

东坡大文豪，罗浮种药草。
远近传佳话，教人去识宝。
我今药满园，治病不愁了。

不想药园中徐风轻拂，百草随风左右摇摆，有一个清脆婉转的嗓音，从草丛中飘逸传出：

百草虽灵小，浑身都是宝。
大山是我家，出没在深坳。
沐浴月与日，云雾终缭绕。

吴中郎抖擞精神正想听下去，那轻吟浅唱的歌声倏地停了，药园又恢复原样，平静如初。吴中郎忽然心里一动，望望天，看看地，喜出望外地大声喊道："莫不是百草仙子来探望我呀！"

药园无语。

罗浮无谑。

从此，吴中郎开始记挂起百草仙子。冬去春来，他如常上山采药，下山熬制，给村人和从四乡八镇远道而来的患者看病治病，忙得没有多少时间去照顾百草园。可他劳累一天回来，茅棚后边的百草园总是湿漉漉的，用不着他浇水；早起醒来，园里紫气东来，云雾笼罩，露珠闪闪；午后太阳高照，百草如同喝饱吃足般，微醺地摇头晃脑，随风起舞。吴中郎猜想，也许是百草仙子在帮他料理着园子呢！

吴中郎想，这园里的奇花异草莫非有百草仙子的化身，抑或是她把自己的家搬到他这儿来了？于是不到万不得已，他不会采摘和使用园子里的草药。吴中郎心中不时唱起百草仙子那支"大山是我家，出没在深坳"的歌，更起劲地起早贪黑去罗浮深山古坳里采药。

这天，在吴中郎采药归来的路上，天气骤变，狂风大作，暴雨倾盆，不少参天大树被拔起。吴中郎惦记着百草园，在崎岖的山路上拼命往家赶。忽然，他听见山涧深溪对岸传来呼救声，那声音十分纤弱，几乎被雷雨狂风的呼啸盖过。吴中郎放下药袋，循声寻去，只见一棵被拔起的大树正好压着一位姑娘的身体。这时，洪水已到，平日淙淙小溪如今狂暴至极，浊涛卷天，汹涌扑来，要泅水过去已不可能。吴中郎抬头一看，一根粗实的山藤正好横在自己面前，他顾不得自身安危，拉着山藤使劲往溪涧对岸一荡，人落在一块岩石上。他也不知哪来的力气，随手操起一根碗口粗的木棍，撬起树木，小心翼翼地把姑娘从大树下拖了出来。此时姑娘气息微弱，脸色苍白，几乎昏厥过去。吴中郎解下药包，掏出救命丹，配上百草葫芦油灌入姑娘口中。见她气息稍复，便冒着狂风大雨把姑娘背回家中。见百草园被狂风暴雨吹打得七零八落，倒伏一片，吴中郎叹息一声，救人要紧，顾不得园子了。

姑娘经过吴中郎的一番调理，终于清醒过来，睁开双眼，久久凝视着吴中郎，一句话也说不出来，眼角淌着热泪。

吴中郎这才认真打量起这位姑娘。只见她五官绝伦，眉娥淡扫，脸似鹅蛋，丽若天仙，身段婀娜，风姿绰约，令人百看不厌。她的头发梳成高高的“丫”字形的髻，身着由许多花草褶结而成的长裙，做工精细，颜色各异，还散发着芳香。

“姑娘，请问家住何处？”

姑娘动情地看了吴中郎一眼，轻若柔丝地说：“我家住在罗浮山深坳里。”

“望姑娘好好休息，待暴雨过后小生送你回去。”吴中郎其实舍不得她离开。

姑娘起身道谢：“不用了，我已经康复，谢君子救命之恩，我这就回去，后会有期。”

吴中郎来不及挽留，姑娘一晃就不见了身影。从百草园里刮来一阵芳香四溢的清风，风过之后，倒伏的百草全都恢复生机，直立而起，轻摇身姿，景致迷人，似在向吴中郎招手致谢。

吴中郎一时看傻了眼，好一会儿才如梦初醒，讷讷地说：“我方才见的，原来是百草仙子啊！她身居大山深坳，头上那形状奇特的发髻会不会是草的标志？裙裾色彩艳丽，百草播香，活脱脱一位百草仙子大美人呀！”

此后，吴中郎采药时，经常往深山大坳奔去，越是陡峭的深涧和人迹罕至的山坳，他越是骁勇前往。披荆棘、爬陡岩、攀峭壁、钻深洞、跨涧谷，一心寻找令他魂牵梦萦的百草仙子，没有什么困难能阻挡他前行。然而，跑遍四百多座山峰，钻遍七十二洞天，始终没见着百草仙子的身影，但他却真正领略了返璞归真的罗浮新天地。在那“千章古木临无地，百尺飞涛泻漏天”的深谷古坳里，“翠发皆长生”“草木多古色”“醉香不做梦”“胜地有钟灵”。他明白了中草药大多生长在深山古坳的道理，懂得了“多将灵药种仙山”的含义，认识了更多有益的草药，采得了更多珍贵的草药。“百草仙子啊，”吴中郎情不自禁地说，“您原来是要我走遍罗浮，感受大山的教诲，当一名无草不识、无药不知的好郎中。”

“罗浮山高七万丈，下视日月地上流。”吴中郎晓得，罗浮山数也数不清的深山古坳是走不完的，采药、识药的路永远没有尽头。

吴中郎虽然没见着百草仙子，但他从山间吹来的阵阵花草香气中判断，百草仙子其实一直陪伴在他身边。她给他打气壮胆，给他坚韧毅力，给他聪明智慧，让他痴情不倦。有一次，他在虎狼出没的酥醪洞白水门采药，不小心踩着一处松软的草甸。草甸子一滑开，竟是一个数丈深的大坑，洞底埋着密密扎扎的尖利竹桩——那是猎人为打老虎挖的陷阱。吴中郎眼看就要掉到坑底，坑里四壁的泥土中忽然长出一簇簇枝杈坚硬的灌木，稳稳地把吴中郎托住。还有一次，吴中郎采的好药太多，装了几大袋，沉甸甸的正愁不知怎么背回去。这时一阵仿如铁杆击石的“叮当”声传来，抬头看，竟是一只名叫红翠的捣药禽凌空飞至。这红翠鸟“叮叮当当”鸣叫着，点点头跟吴中郎打了个招呼，就用嘴衔着药袋腾空而去。吴中郎翻过几座大山回到家，那几袋药早已放在自家厅堂了。吴中郎想：“历代药民早就传闻，飞巢之所，多有灵药。那飞鸟应当是百草仙子忠实的好伙伴、好帮手，说不准就是百草仙子托红翠鸟来帮我的忙呢。”

且说这一天，吴中郎攀上罗浮山最高处飞云顶主峰，来到六角坑采药。这里地势险要。“罗山万仞云中起，浮岛一峰天外来。”传说浮山来自东海蓬莱，与罗山结成夫妻，“生儿尽作小蓬莱。”吴中郎放眼望去，只见罗山与浮山交接处，白云长锁一铁桥，象征着罗浮二山坚贞不二的爱情。吴中郎采药不觉日已西斜，他心想爬上飞云顶不容易，就打定主意在岩洞里过夜，第二天好继续采药。可他没料到山高水寒，才吃完干粮，饮了几捧泉水，冷飕飕的夜风便向岩洞扑来。这时几条毒蛇吐着可怕的信子，堵在洞口。吴中郎看看身边，什么防身的东西都没有，他知道这次在劫难逃，情急之中就向空旷的大山疾声呼喊：“百草仙子，百草仙子，快来救我……”

这时，吴中郎闻到一股熟悉的香气，只见洞口一阵云雾升腾，那些毒蛇来不及弄清发生了什么，那位貌若天仙的姑娘便出现在蛇群和吴中郎之间。这时，只见百草仙子从“丫”字形发髻中抽出一根闪光的银针，在手中一晃，变成寒光四射的宝剑。挥舞的剑扬起一股百草的特殊清香，剑锋未到，那些毒蛇全都昏沉沉地摇头摆脑，蠕动到洞外，摔下深沟而死。

“好姑娘，不，百草仙子，您终于现身了。”吴中郎说着，连忙作揖叩跪，“万谢仙子救命之恩。”

百草仙子扶起吴中郎：“谢什么呀，要说报答你的救命之恩，我还报答不完呢。”

仙子见吴中郎冷得瑟瑟发抖，就用身子依偎着吴中郎，帮他驱赶寒气。吴中郎立刻感到有一股女人清新诱人的气息在他周身漫浸开来。吴中郎含情脉脉地看着仙子，激动地说：“好仙子，我知道有百草的地方就有您，您是百草的化身，您一直在护佑着我，我才能变成一个通晓百草的采药郎，一个能为庶民治愈百病的好郎中啊！”

仙子抚摸着吴中郎被山风磨砺得粗糙而有锐气的脸庞，也吐露了心声：“好中郎，这几度春秋，我被你的勇敢、勤劳所感动，你所做的一切，我都看在眼里、记在心头。是你让我这不知名的百草登上大雅之堂，极尽所能为凡人百姓治病。”

“仙子，”吴中郎凝视着仙子高高的发髻，“你能告诉我，你头上形状奇特的发髻是什么意思吗？”

“傻中郎，那是草的形状呀，是我百草仙子的象征。”

“你身上穿的裙子式样和颜色都与众不同，色泽随着日月星辰不断变幻着颜色，又代表什么呢？”

“好中郎，你算是问对了，我身上的裙子并不是布，也不是绸，而是由一千二百四十片叶子纺成的线编织而成的。它比绫罗绸缎还要好看，因为它代表了罗浮山一千二百四十种中草药。”

吴中郎深情地拥着百草仙子，把百草仙子抱得紧紧的，生怕仙子再次离他而去。“仙子，我们结成夫妻吧，我们一起让罗浮山的百草扬名天下，造福万民。”

仙子轻轻松开吴中郎抱紧自己的双手，叹了口气，然后拉着吴中郎来到岩洞口，含着眼泪说：“好中郎呀，好中郎，我又何尝不想跟你在一起呢？可我是仙界之人，我身上流的是浅绿色的血，那是由百草酿制而成的琼浆，可以为天下劳苦大众治病。”

“噢，你的血就是珍贵的百草油浆啊！”吴中郎倏地醒悟过来。

“是呀。”仙子说，“王母娘娘早就定下一条规矩：不准我为了贪图人间情爱而流血，除非到非流血不可的时候。”

谁也没有料到，一年之后，“瘴疠之毒”在岭南爆发，发展成一场可怕的瘟疫。五溪生毒，百体染疮，百姓由于毒疮遍体，无法劳作，一场千年不遇的灾荒眼见就要形成。为了拯救庶民百姓，百草仙子毅然刀割血脉，放出浅绿色的百草精血浆。吴中郎从家中后山的百草园采下百草，和着百草油浆炼出一种叫百草油的神药，源源不断送往岭南各地，济世救民，根治可怕的瘴疠之毒。百草油也因此声名远播。

百草仙子从此变成了凡人，和意中人吴中郎在罗浮山恩恩爱爱地过着美满幸福的生活。他们的爱情如同罗山与浮山那样，坚贞执着，永结同心。

烈火龙凤

世界上的事情是很难捉摸的。让市工商银行职工引以为傲的木楼梯、木地板、竹片隔墙的宿舍大楼，竟然在和风煦日里失火了！火势甚猛，眨眼工夫，五层宿舍大楼就笼罩在一片灰黄的烟雾里。数不清的窗口，喷吐着血一般鲜艳的火舌；数不清的人，如惊弓之鸟般奔跑着、吼叫着……

一个披头散发的妇女，声嘶力竭地叫着“我的女儿——”疯狂地朝大楼奔去，却在大火跟前被两个男人拉住了。她猛地挣脱，竟把两个男人甩开了，一头栽进火里，只听“嗞——”的一声，她的头发全烧着了，立即散发出一股焦臭味。这下她清醒了，被那两个男人拉出来后，她“扑通”坐在地上，哭了起来：“我的女儿——我的女儿——”催人落泪。

她的女儿在楼上，在火海里，楼梯已被烧塌了，她的女儿下不来了。

消防队赶到后，救火救人同时进行。十几支水枪向大火喷吐水龙的同时，一个战士手持火钩冲向楼前，一甩手，火钩钩住了二楼阳台——他想一层一层地攀上去救人。可他刚一使劲，烧酥了的半个阳台落了下来，好在他身手敏捷，躲避及时，水泥块“砰”地砸在了他的脚前。

又一个战士扑了过去，一跃抓住贴着楼体的水管，身子一纵向上攀爬。可当他要第二次纵身时，只听“咔——咔——”几声，水管脱离了墙壁。他连忙斜着身子往外一翻，“咣”，水管砸在地面上。

像打仗一样，救火也得前赴后继。在水管落地，人们连连叹气的时候，又一个高大的战士打开消防车的工具箱，抓起一盘水带和一支水枪，将一盘石棉绳拴在了腰上。

那个几乎绝望的妇女立即跑过来，在他面前“扑腾”跪下：“求求你……求求你……”

但她突然惊呆了，两只失神的眼睛瞪着，愣愣地看着这个战士的脸庞——一张因疤痕扭曲的脸庞，不在同一水平的双眼，永远合不拢的嘴唇，裸露出的牙齿……

还没待她回过神来，那战士已朝大楼一角跑去。顿时，人群里一片唏嘘。

对于人们的这种反应，那位战士似乎是木然的。他没有回头，没有朝两边看，他的双手、双脚乃至整个身子，紧紧地贴着滚烫的墙角，一纵，再一纵，向楼顶攀去。

很快，到五楼了。他的头顶，已经贴着楼顶的遮水檐了。他深深地吸了一口气，整个身体贴紧楼角，脑袋向后仰去。

哦！遮水檐，一米宽的遮水檐，胳膊怎么才能够到呢——除非像蛇那样弯着身子！

他相信他的腿，他的腿能像吸盘一样贴在墙上。可是腰，拖着水带，受过伤的腰，能受得了吗？

受不了也得受！他下意识地咬了咬牙，冷静地估计了一下距离，微微向上移了移腿，屏住呼吸，朝外伸出手，伸出胳膊，腰也朝外弯去。

一寸，又一寸。手，触到了温热的遮水檐的边沿，再一伸，就能扒住檐顶了，可挂在腰上的水带死死地顶住他的背，使他的腰一丝也不能再弯了。他只好又把弯出去的腰慢慢地收回来，喘了一口气，把水带扳到腰左侧。

他的两腿又紧紧地夹住楼角的墙壁，身子再次像蛇一样向外弯去。

一寸，又一寸。每移一寸，他都是感到愈发左重右轻，似乎腰左边挂的不是一盘水带，而是一个大碌碡。

左腿麻了。麻了！快收身子！快！来不及了！来不及了！豁出去了！他猛地朝上一跃，只觉两眼一黑，挎着水带受过伤的腰，像猛地被人砍了一刀，整个身子不由自主地朝左一歪，像一片树叶，“呼——”朝空中荡去。

“啊——”他大叫一声，双手本能地去抓房檐……

什么样的火中险境，他都经历过了。那次，他刚冲进被烟和火笼罩着的屋子，就感到一双胳膊猛地抱住了他的腿——那是身陷火海的求救者。要是新战士，这一抱很可能使两个人同时葬身火海。他毕竟是个经验老到的老战士，在双腿被抱住的刹那，不用看，不用瞄，不轻不重一掌打过去，正打在对方的太阳穴上。对方不由自主地松开双手的瞬间，他侧身、弯腰、伸胳膊一使劲，已将对方稳稳地抱起。他立即转身奔出火海。当他刚要迈出屋门时，只听“咔嚓”一声，他只来得及把夹着的人猛地扔出去。就感到一块滚烫的东西砸在了腰上。他感觉身体仿佛从腰间一下子分开了，越分越远。他刚意识到“死亡”两个字，就什么也不知道了。

过了多长时间？似乎过了好久好久，又似乎只过了一秒，他听见一阵“嘤嘤”的哭声。这声音使他立时意识到自己还活着，同时马上感到浑身疼痛，特别是腰间，像有一只滚烫的火钳子在一下一下地夹他的肉。他想咬咬牙顶着，那次面部烧伤，他就是这样顶过来的。可这时，他的下巴似乎已不是自己的了，怎么也动不了。他想睁开眼，看看是谁在哭，看看自己在什么地方，可眼皮也似乎不是他的了，怎么使劲都抬不动。

难道要死了吗？难道这一时的清醒，是回光返照吗？死了也罢，省去多少烦恼！

可过去的，单单是烦恼吗？还有好时候呢！一米八的个儿，方脸大眼的他，使多少姑娘倾倒！那次到纱厂检查消防设施，正逢倒班时间，有多少热情的目光追随着他！那个尖下巴的姑娘和那个高鼻梁的姑娘，没话找话地和他说笑，他的心，像有一只绵软的手在抓、在挠……

那次在城西区粮站救火，当他第一个爬上仓库顶，揭开瓦向仓库里打水时，粮站那些姑娘们曾怎样惊呼！救完火下来后，她们当面称赞："你真勇敢！你真帅！"她们的眼睛直视着他。

啊！他常常感叹："好时候，永远也难忘的好时候！无论是在紧张的战斗中，还是在轻松的工作之余，我的精神生活都是富有的，有滋有味的。哦，好时候！"

可是，当他被烧伤以后，他发现，姑娘们看他时，态度完全变了。

出院后第一次上街，他发现很多人看他。有两个穿得花枝招展的姑娘骑着自行车从他面前过去，先是吓了一跳，又回过头看他，"哧哧"笑了。顿时，他觉得无地自容。他问自己："我到街上来干什么呢？让人家这样看、这样笑吗？"

从此，除了救火，他几乎从不出门，他怕别人看到他的脸。只有在救火时，特别是在危急中救人时，陌生人才不会去注意他的脸，而只会注意他的行动，并为他的行动所感动，崇敬他、夸赞他，把他当成英雄。也只有在这时，他的精神才是最富有的。一旦救完火，他躲进自己的宿舍以后，就又成了精神上的乞丐。中队干部一有空，就去他那里说笑；战士们一有空，就去他那里玩。可这顶什么用？他早已到了需要成家，需要伴侣的年龄，可他常常独自叹息。

"嘤嘤"，那哭声又震动了他的耳膜，像是要把他从那死亡的深渊里拉出来一样。

哭声细细的，悲悲切切的。到底是谁在哭呢？他又睁睁眼，咦，眼皮儿能抬动了。

哦，床前坐着一个姑娘，那么好的身段，那么白的脸蛋。咦，她的眼眶咋是红的？那无疑是哭红的，难道刚才哭的是她？

她发现他睁开眼了，竟像孩子一样张开嘴，惊喜地叫出了声，连忙又朝他笑，那笑容挺好看的。他想问："你是谁？"但下巴却不听指挥，喉间只是响了一声。

她却似乎听明白了，还是微笑着对他说："我是你从火里救出来的。"

他想，我又从火里救出了一个姑娘！这是第十几个了？记不清了。

反正，那些姑娘有的再没见过，有的来消防队感谢他，然后就再也没见过面了。不过，这姑娘还对他笑，为他哭，说话的声音还挺脆的。就这一点慰藉，已使他有点受不了了。他想，自己应该挺住，活下去，还是人间好……

好！总算没有离开人间！他在本能地大叫一声后，暗自庆幸自己抓住了有棱有角的水泥板房檐。他知道，楼下有无数双敬佩的眼睛盯着他，把他视为能给濒死者以生命的强者。此刻的他，头脑最兴奋，精力最集中，脑力和体力的结合，达到最完美的程度。他胸有成竹地让惯性拖着身子在空中荡了两荡，当身子第三次摆回楼前时，他猛一收腹，抓着房檐的五根手指猛一使劲，立马感到水泥板的楼角像刀刃一样往肉里钻，但同时，胳膊上的肉腱子鼓突突地绷了起来。然后，他屏住气，一提、一纵、一跃，稳稳当当地上了房顶。

“好！”楼下有人欢呼起来。有人看表，发现从他登楼到翻上楼顶，不到两分钟。

为了救人，他已不止一次上楼顶了，一系列动作非常熟练。他跑到伸出楼顶一尺高的厕所通气管跟前，通气管这时喷着浓浓的黑烟。他从腰里解下石棉绳，拴在通气管上，双手使劲一拉。这下他放心了——通气管可以承受一个人的重量。

他拉着石棉绳跑到第七个窗口顶端的房檐上，双脚蹬在水泥板的边沿，身子往外一斜，像一只老鹰悬在空中。顿时，几十个窗口都出现在他的眼前：一楼二楼的窗口已经不冒烟喷火了，火势被消防队员们控制住了。可三楼以上的窗口，烟和火却比原来更大了，“呼呼”地往外喷。七楼的第七个窗口，也就是他要跃进的窗口，浓烟像一股凶猛的洪水从一条窄窄的缝里喷出来，形成一股弧线，从他的身旁卷上天空。

啊！他脑子里顿时出现了一串惊叹号：抓紧，一秒都不能耽搁了，随时都有发生爆炸性燃烧的可能！

他立即收回身体，一只手抓住房檐，一只手抓住石棉绳，身子一溜，垂挂在房檐上。随即又抓住石棉绳，双手交替往下挪，直到大半个身子垂到那向外喷吐的浓烟里。他猛吸一口气，屏住，猛地一跃，像荡秋千一般晃到了窗口，双脚一伸，勾住了窗台，身体往前一挺，整个人到了窗台口。

这时，那带着滚烫热量的烟紧紧地裹着他的身体往外喷。他不能吸一口气，也看不见，但他早已习惯这些。他利索地取下腰里的水带和水枪，抓水带的手一松，“唰”水带在空中绽开，一头垂到地上。顿时，水带“砰砰砰”地响着，鼓起了圆圆的身子，三个大气压的水流涌到了楼上，涌进了他的水枪里。“沙……”水枪喷出一片水雾。他就站在窗台上，身子紧紧地贴着窗框以对抗水带的拉力，把水柱喷向屋里。

这一喷，烟小了，他可以看见屋里的陈设了。大衣柜、高低柜、木板床、木地板，所有的一切都还在“呼呼”地冒着火，他只来得及把地板上的火扑灭，顾不得去扑灭别处了，他要先把人救出去，这是原则。

他把石棉绳搭在窗台上，手持水枪，连跑了三个房间，都不见一个人影。凭以往的经验，他检查了每张床下，每个屋角。没有，都没有。

这时，脚下的楼板“咔咔”直响。他知道，这是下边房间的火已经在吞食这层楼板了，若不及时撤离，自己很可能要葬身火海。

但他又十分清楚，有个姑娘在楼上，如果自己离开了，她就一点希望都没有了。

在火里，他是从来不喊的，他认为这是无用的。但这次，他不得不喊了，他几乎是在吼：“快过来，我来救你了！”

没人回应，只听见火苗吞食床、柜和门窗的“噼啪”声。难道她已被烟呛昏了？再找！一秒都不能耽搁了。

可他刚一迈腿，只听“咔”一声，他的左脚踏断了一条地板，楼下的火苗立即从这条缝里喷上来，顺着他的腿往上蹿。他的身子不由自主地一歪，受过伤的腰像被刺了一刀……

他看着病房门，希望那门把手缓缓一转，门开了，随即女子就飘了进来。

每天下午六点半，都是这样。可是，今天六点半了，门把手一直没动。

他支棱着耳朵，希望听见走廊上响起“咯噔咯噔”高跟凉鞋踏着地面的声音。这声音一直响到门口，略一停顿，就随着门开而响到他的床前。

每天下午六点半，都是这样。可是，今天六点半了，好听的声音还没有响起。别是……不要那样想！别胡思乱想！

六十四天了，每天下午六点半，她都来看他，给他带来少女的温暖，给他留下甜蜜的回味。每天晚上，他就在这回味中睡去。梦，都是甜的，那些荒唐甜蜜的梦！

有一次，他想中队了，脸上有愁云，她一见就急了，一连串地问他在想什么。看她着急的样子，他只好说："住院住久了，心里烦。"她听了，就用亮闪闪的眼睛看了他好长时间，看得他都不好意思了。她说："我给你唱首歌吧，让你高兴高兴。"

"嗯。"他不由应了一声。

"唱我自个儿编的吧？"

他想说："就喜欢听你自个儿编的，唱人家编的有啥味？"但他没说，只是又"嗯"了一声。

于是，她唱了，她看着窗户外面绿色的葡萄架，轻轻、甜甜地唱起来。吐出的每个字，就像是从清水里滤过一样，净净的，湿湿的，经过他身上的感官，悄悄地融化在他的心里。

看着窗口，
你不要烦恼。
那里有绿的葡萄架哟，
挂着五色的葡萄。

想想自己，
你不要烦恼，
你有绿色的生命哟，
正处在人生的高潮……

那首歌，那是他听到的最好听的歌。

她唱完了，又看着他，问："好听吗？"

"好听。"

从此，只要他想听她唱歌，就故意装出愁眉不展的样子。她识破后就取笑他，笑得他心里痒痒的。他也就不再装了，干脆直接叫她唱歌。

他永远也忘不了她第一次搀扶自己站起来的情景。

他的双脚刚刚踏上地面，身子在她的搀扶下刚刚直起时，他的腰猛地一疼，身体下意识地一歪。但他没有倒下去，搀着他的那双软软的小手竟有那么大的劲儿，把他扶了起来。随即，他的身体在那双手的支撑下，倚在了她的身上。她的肩、她的臂、她的身子紧贴着他，支撑起他，他站起来了。

他的腰还是像刀割一样疼，但他似乎感觉不到。他的每根神经，几乎都在为接触到她而震颤。他感受着那只搀着他手臂的手，那是只温暖的小手；他感受着撑着他身体的肩头，那是浑圆的肩头；他感受着贴着他的身体，那是柔软的、富有弹性的身体；他感受着她的气息，那是他渴求的青春的气息……

他觉得这是他一生中最温暖、最幸福的时刻，他希望自己就这样永远把身子贴在、歪在她的身上、肩上、手上，让她紧挨着他。也怪，就在这时，他想起了伙伴们的玩笑话："你从火里救出了那么多姑娘，你为她们受了伤，她们就没有一个喜欢你的吗？"

但这个念头在他心里刚一闪，他就责问自己：怎么能这样想呢？人家只是在报答自己的救命之恩！人家那么漂亮，自己这么难看，相配吗？别胡想！

然而，晚上躺在床上，他还是睡不着，还是做那些荒唐的梦。

昨天黄昏，她还是那么准时，还是那样飘进了病房，还是那样把软软的小手伸进他的腋窝，用圆圆的肩头支撑着他，搀着他走出屋子，走进住院部的小花园。

其实，从前天开始，他就能自己走了，可他没有告诉她。他喜欢被她搀着在花园漫步的感觉，他知道自己一旦告诉她，她就不会再近距离地依偎着他，只是和他谈笑，直到他出院。出院后，很可能十天半个月，甚至一年半载，也难得见她一面。这，他怎么受得了呢？

走到一条绿色的长椅前，她说："我们坐下吧！"他自然不会违背她的意愿。

他们坐下了，她从兜里掏出一张报纸，说："今天看到一篇报道，感人极了，我给你念念。"

她读的是一个漂亮的女工张玲爱上了一个残疾青年的故事，她显然深深地被打动了，她读的每个字都充满激情。

这使坐在旁边的他受到很大的冲击。他不断问自己，她为什么如此感动？她为什么给我念这个？难道……难道她对我……

他顿觉脸热心跳，他毕竟是一个三十二岁的男人！他不敢看她了，低下头，但又禁不住瞄了她一眼。哦，她的眼睛多明亮！她的嘴唇多红润！

就在这时，她读完了，她轻轻合上报纸，微微张开嘴，吸了一小口气，把嘴抿住，转过脸来。他赶紧又低下头去。

“张玲多好！”她说。

他似乎感到她在等着自己说话，他的心跳得不行，有点慌乱地点点头，应道：“嗯，嗯。”

还男子汉大丈夫呢，怎么不大胆一点儿呢？怎么不迎着她的目光呢？整个晚上，他都在后悔。他认为她很明显地爱上了自己。他问自己：要不然，她为什么对自己这么好？她为什么读这样的报道，不就是在暗示他先开口吗？人家是个姑娘，怎么能先开口？混哟，自己真混哟！救火的勇敢劲儿哪儿去了？

眼下，他又为自己的胆小而后悔。他想，自己虽然脸上难看，身上多处受伤，但不管咋说，还是个强壮的男人，自己能给她幸福！

告诉她！他下定决心：今天一定要告诉她！除救火以外的精神生活，也应该像别人一样富有！咦！她来了！他听到了她的脚步声，“咯噔咯噔……”

门把手转动，门开了。哟！她穿了一身新衣服，是那种海水一样颜色的连衣裙，衬托她那白白的皮肤，真好看！哟！她把那小辫儿拆了，头发梢儿烫了，黑发像一片瀑布，泻在她的肩上，美极了！

他想，这一切，都是为了我吗？他不由坐了起来，压了压狂跳不止的心。然而，就在这时，一个浓眉大眼的小伙子跟随她进屋了，也看着自己微笑。他想，也许是她的哥哥或弟弟。

她向小伙子介绍：“这就是我的救命恩人。”

“你好！”小伙子那么潇洒，伸过一只手，握了握他的手。

他朝小伙子微笑：“你好。”

她为他介绍：“他在上海上学，刚放暑假回来，一听我说，就一定要来看你。噢，忘了告诉你，他是我的未婚夫。”

未婚夫！他像遭受了雷击，脸上的微笑也凝固了。

然而，两个年轻人好像完全没有察觉，也许是因为他脸上的伤疤掩盖了他的表情。那小伙子说：“我们一起搀您去散步吧。”

“啊，不用了。”他这才回过神来，忙说，“我已经能自己走了，我刚才出去散过步了。”

“噢，”小伙子说，“那我们说说话吧。”

也许，她从他的眉眼间看出了什么，于是说：“还是我来唱首歌吧。”

他没有吭声，他看着小伙子，小伙子看着她，眼里有幸福的光芒，说：“唱吧。”

她开始唱了，仍然是那首她自编的歌。声音仍然是那样甜，像刚从清水里滤过，净净的，湿湿的，顺着他身上的感官融化在他的心里。他深深地吸了一口气，似乎要把那首歌的余音吸进肺腑里，储存下来，留待在日后除救火以外孤寂的生活里，特别是漫漫长夜以做回味……

……

他下意识地一仄身，把那条随着断裂的地板陷入火里的腿提了回来，接着一跳，落到洗漱间门前。楼下的火随即从那条缝隙里蹿上来，和楼上的火融为一体。他知道，若不赶快撤离，待整个地板烧起来，想撤也来不及了！

他操起水枪龙头，“唰唰”地朝四周和地板喷去。很快，地板上的火苗熄灭了，只有那条断裂的地板处仍“呼呼”地喷着火。

找人！赶快找人！一秒也不能耽搁了。他四周环顾，眼睛突然一亮——厕所的门关着。门，已经烧着了。

常有这种情况，被火包围的人吓蒙了，慌不择路，就躲进床下、衣柜、厨房或厕所。他操起水枪龙头，“唰”地射了过去，厕所门立刻被冲开一条缝。

“啊——”里头响起尖叫声。

“快开门！”他叫。

“走开！”那姑娘在屋里喊，声音里竟然带着愤怒，“走开！”

神经错乱了！他在心里想，他曾遇到过这种情况。他把手从那条冲开的缝隙里伸进去，想找到门插。

里面的声音又响了："走开！走开！"随即，被大火吓疯了的姑娘用双手死死地抓住他的手，同时把整个身体扑在门上，使出全身的力气顶住门。他来不及多想，也来不及再做她的思想工作了，他看见地板上那喷火的口子越来越大。他撞开门，一侧身，进了厕所。

"走开！"那姑娘扑上来，狠着劲儿推他。当然，强壮得像一堵墙的他，她是绝对推不动的。

他不得不打她一掌，可他抬起手掌，又垂下了。她圆圆的、胖胖的红脸蛋，会印上五个紫色的指印。就在这时，衣柜下面的地板塌了，衣柜一歪，整个儿掉了下去，楼下的火立即从那儿往上喷。

不能犹豫了！他抡起巴掌，"啪"地朝她的左脸打去，姑娘不由自主地朝右边倒下，他趁势迈腿，伸臂，一夹，姑娘被夹在他的右臂之下。他左手操着水枪，边朝前面喷，边朝窗口跑。

好！到窗口了。他抓住搭在窗口的石棉绳，使劲儿一拉。还好！楼顶上拴着石棉绳的通气孔还能承住一个人的重量。

他一低头，看见姑娘的脸上爆起一片紫红的印子，顾不上心疼了，他已经不止一次遇到这种情况了。他解下保险带，系在姑娘的腰上，用保险带勾住石棉绳，然后把石棉绳扔下楼。

楼下的人早准备好了，立即扯紧了石棉绳。他又看看她的脸，好，还没醒！他把她抱上窗台，然后猛地往外一推。

"啊——"那姑娘醒了，她的身体已不由自主地顺着绳滑向楼下。突然，在半空中那姑娘抓住了绳子，死死地抓住了绳子，上不来，下不去。楼下的人，也被她突然的错乱行动惊呆了。

啊！他心里不由一紧。过不了一会儿，楼上的通气管就会烧软，拴在上边的石棉绳就会脱开，她就会摔死！

本来，他应当等被救者滑下地面，楼下的战友将石棉绳晃动到窗口，他伸手抓住，胳膊腿一钩，也就下楼了。可这时，负着那姑娘的石棉绳，从地面到房檐绷得直直的，他够不到不说，拴着绳的通气管也承受不了两个人的重量。

他只好使出最后的办法，呼喊着让楼下停了水。然后，迅速地将干瘪的水带像绳子一样拴住床腿，使劲扯了扯，确信能承受住一个人的重量时，才奔向窗口。

楼下的战士已经扯起水带，水带从窗口直直地绷向地面。他立即登上窗台，抓住水带，一勾胳膊腿，向下溜蹭。

溜到她跟前时，她还死死地抓住绳子，眼睛闭着，嘴巴抿着，像落水的人死死抓着一节枯木那样。他两条腿夹住水带，伸手扯住她的胳膊。他知道，最好的办法就是再打她一巴掌，让她昏过去。但一看见她脸上被他打的手印子，他的心一软。随即他又告诫自己：为了她，不能心软！于是，他松开她，挥起了手。

然而，还没待他打过去，只觉心脏“呼”地往上一提，身子像秤砣一样往下坠落——拴着水带的床腿被火苗吞没了，加上在空中活动增加的拉力，床腿断了！他，连同水带，朝坚硬的地面摔下去……

太突然了，他还没来得及回忆一下走过的三十二年的岁月，还没来得及回味他在医院时她所给予的欢乐，还没来得及向他所救的姑娘讲述人生的美好，他还没有结婚，没有尝到人生的甘甜……

发疯的姑娘目睹了这一切，突然清醒了。她惊叫一声，手一松，顺着绳子溜到了地面。

她的母亲——那个被火烧焦了头发的妇女，大喊着“我的女儿——”，朝她扑去。可她一伸手，竟像有无穷的力量，一下子把她母亲推倒在地。

她的神经已经恢复正常了，但她却两眼发直，冲进人群，猛地扑到躺在地上的他身上，死死地抱住他，一声也不哭，一声也不叫。

摔倒的母亲好不容易才从地上爬起来，再也喊不出声音。她看见，战士们怎么也拉不开她的女儿，等救护车开来时，战士们只好把两个人一同抬上了车。

汽车开走了，开上了人来人往的马路，一条条水龙仍在朝冒烟喷火的大楼扫射着，数不清的人仍如惊弓之鸟般奔跑着、吼叫着……

女兵吴穷

一

门好像被谁推开了，然而并没有脚步声，直到我又在稿纸上画了一个句号。大约过了一分钟吧，我似乎想起了什么，也许是我嗅到了一缕淡淡的杏仁霜味儿，这才抬头，见墙角站着一位女兵，说准确点儿，是穿着军装的女孩子。虽然我也不是很大，但是一点儿也不妨碍我把她看作女孩子。

“报告首长，”她敬了个军礼，“我，师医院的，护士，报到。”说完蹩脚的报告词，她立正等候我的“发落”。

“护士？”我问。明明是听清了。

“护士。”

“可我们请调的是医生啊！”

“领导说，患者太多，调医生实在困难……”

她盯着我，眸子里闪射出一种乖觉、警惕，时刻准备惶惶逃去的目光。这目光使我想到动物园里的小鹿。那些头上有两只角、光亮的皮毛上带着花斑的小动物，常有这种挺有趣味的眼神。我想，假如让她回去，说不定她会找个没人的地方抹眼泪。

于是我把她“收”下了。

我向她简单介绍了营以上干部读书班的情况，然后轻重适度地咳了一声，给话头绾了一个结，再把手背到身后，像将军部署战役似的说：“需要你特别记住的，是关于你的职责——”

“请等等！”她打开挎包，掏出一个精美的皮面活页本，在空白页上端正地写下“首长指示”几个字，然后把笔尖悬停在纸面上，虔诚而专注地等待着。

我有点儿慌，本来是不应该慌的；又有点儿得意，我的话居然也被人称作“指示”。我开始往下说，声调放得很慢，给她留出记录的时间。

“一共三条：第一，除了候诊外，每天上午九点要到各房间巡诊，发现急诊病号要及时向我报告，由我派车送医院治疗；第二，负责督促和检查炊具、餐具消毒，协助食堂搞好卫生；第三……第三……以后再说吧。”一着急，我把第三条给忘了。

她合上本子，准备走了。

“哎，你还没告诉我你的名字！”

“吴穷。”

我笑了，甚或带出一丝嘲讽的意思。

“像男的名，是吧？”

仅仅像男的名还好，简直有点儿俗气。我听过很多女兵的名字，又高雅又含蓄又上口，还有诗的韵味或有散文的意境。然而“吴穷”，这名字糟糕透了。

不过也算名副其实。当我认真地打量过她以后，我倒觉得这名字挺适合她。确实，她的相貌同名字一样平常：眼睛不大也不小，肤色不白也不黑，模样不好看也不难看。性格和气质看上去也很平常：不欢悦也不忧郁，不多言也不寡语，不精明也不呆笨，不特别大方也不腼腆。

望着她悄然离去的身影，我做了结论。和许多年轻的小军官一样，我喜欢从一种隐秘的心理角度去评价出现在身边的任何一个小女兵。

二

领导封了我一个“组长”的头衔。所谓“组长”，麾下只有吴穷一个兵。

这天上午，我们开办公会议。李部长问我学员人数搞准了没有，我说准了，九十六人。

“不对，是九十七人。”墙角飘来稚嫩的女声。是吴穷，她是经我提议，列席会议的。

“九十六。”我重复一遍。

可是她依然坚持：“九十七。”

“怎么会是九十七？”我扫视全屋的人，故意不看她，“这儿有花名册，我逐个核对的，没错！”

“我也是逐个核对的呀！”她掏出那个皮面活页本，“你数，不会错的！”

天哪，这几乎是一本病史传记，几乎每个人的名字后面都附加一段简要病史：某某“患过胆结石，术后有微痛”，某某“牙床肿痛，诱因待查”……我不能不为之叹服：这个小吴穷，竟有这份心计！她是什么时候搞出来的？要知道，开学才五天。五天能做什么呢？好像什么事也做不了。

我毫不怀疑是我数错了，但她的纯真无忌造成了我的窘迫，我只能说：“也许是我错了，不过她的也未必对。”

我开始加强对吴穷的领导。

“食堂刚买了两筐鱼……”

“我看过了，新鲜的。”

“二楼丁副政委这几天吵吵恶心。”

“神经性的，用过药了，先观察两天看看。”

“不过……”我神情严肃地盯着她床头上用白线拴着的一只绿色羽翅的大蚂蚱和一只“咪咪嘎（蝉）”。

读书班大楼门前，有一片枝条虬曲的枣树林，林中长满杂草。每逢休息时，吴穷常像孩子似的，一蹦一跳地跑到树林里，捕捉各种小昆虫。蝴蝶、蝈蝈儿、蚂蚱、“咪咪嘎（蝉）”……有几次，我从窗前望去，见草丛里的她被各种小昆虫引逗得腾跃翻扑，一副痴迷忘返的样子，仿佛完全融入阳光、草丛和空气之中，这常引起我无端的嫉妒。我想到我的少年生活，想起快要淡忘的曾经带给我无限乐趣的家乡东江河……从什么时候起，生活被我蒙上了一层灰色的滤镜呢？

“难道这也违反纪律吗？”她小声抗议说。

我没笑，虽然想笑，我上前轻轻撣了撣“咪咪嘎（蝉）”，它立刻“咪咪——嘎”地嚷叫起来。

“噢……你是说影响学习？”她旋即转身，解开“咪咪嘎（蝉）”，送到窗口放飞了，却把蚂蚱护在手里，说：“它可是不会叫的。”

我们渐渐熟络了，接触的时间多在晚饭后——她愿意随我行动。据我分析，这不像是为了巴结“组长”。这个“组长”算啥？我已经把这个头衔忘了，而且她好像生不出巴结的意识，虽然她常向我讨取“指示”；也不像是揣了什么秘密，她几乎没什么秘密。仅仅是因为读书班唯有我们俩是年轻人，我们可以在一起边玩边聊天。

我们在一起打羽毛球，她总是争着捡球。

我们在一起下跳棋，我每逢要输的时候总是要赖偷“渡”，而她由衷地认为我棋术高明。

她还常去附近的集市上买些烤地瓜、炒花生回来，悄悄分我一半，同时嘱咐我：“保密，院里反对我们吃零食。”

闲聊的时候，往往是她听我讲。我讲到可笑的地方，她就笑；我讲到没什么可笑的地方，她就不笑；我讲得对的地方，她就说对；我讲到她认为不对的地方，她就说“才不是呢”；我高兴了说起来没完，她就听起来没完；我讲得乏味了，说“休息吧”，她就说“好，休息吧”。

“你呀你呀……”有一次，我感叹。

“我呀我什么？”

“有点儿太那个……”

“那个是什么？”

“单纯了点儿。”

“是啊！”她一点儿也不否认，“在学校，老师就这么说；当了兵，同志们又这么说。”她忽闪着明净的双眼，仿佛在讲一件十分有趣的事情。

然而三天后，她突然问我一句：“可你说要不要改呢？刘干事。”

"要改什么呀？"

"我是说单纯呀，单纯好不好？"

我明白过来："这怎么说呢，又好又不好。比方说……这可不是用比方能说清楚的，总之又好又不好。"

"就是说，应当既单纯又复杂。"

"好像是这样的，读过达尔文老头的《进化论》吗？他讲过，适者生存。生活是复杂的，所以要学着复杂点儿。"

"可我就是复杂不了，真没办法。"她颇觉为难地叹了口气。

三

然而，她的单纯又不完全像我想象的那种童心未泯、不谙世事的单纯。

那是一个星期天的傍晚，晚霞火在天边燃烧。我和她坐在三楼阳台上，脚下是鳞次栉比的屋脊和街巷。远方马栏河畔的汽车，看起来像甲虫似的。

照例是我讲，她听，话题是大千世界。我讲得乏味了，再没有什么好讲的，就用"盘问"的方式逼她讲话。

"你家在东江边？"

"对，农村。"

"哦，在东江村？"

"什么呀，我爸爸是农民。"

"你家里有亲戚是干部吗？"

"做什么的都有，就是没有人当干部。"

"那你怎么当的兵？"

"高中毕业，我没考上大学，开始帮妈妈卖冰棍。后来招工，分配到一家镇办小厂糊纸盒。再后来，接兵的来了。我就对妈妈说，我要当兵去，我可不愿意糊一辈子纸盒。妈妈说去吧，还是当兵有出息。我就报名、填表、体检，批准了，就来了，就这样。"

瞧她说得多轻巧！谁不知道女孩子当兵难啊。我连连摇头，固守自己的成见。

她几乎要生气了。

“家里没人当干部就不能当兵？我就没有想到你爸是干部。你这人，不好，喜欢把人往坏处想，其实人并不像你想象得那么坏。真的，这也是生活告诉我的……”她语速放缓，娓娓地讲起她的眼睛看到的人和由这些人组成的世界。她说，她家附近有个老头，养了好多年鸽子，白的、黑的、灰的，有两百多只，放出去能遮住半个天。邻居都知道他爱鸽如命，可是他儿子当兵那年，老头把鸽子都送给动物园了，分文不要。大家都很纳闷，说不清为啥，后来是老头自己讲了。原来他每天放完鸽子后就给鸽子盐水喝，鸽子喝了盐水就把啄进肚里的粮食吐出来。他用这些粮食每年养两口肥猪，能卖不少钱呢。听说儿子当上兵了，他怎么想心里都不是滋味，觉得再干下去，就对不起“军属”的称号，于是咬着牙把鸽子送给动物园了。吴穷接着说，他们师医院附近山上有一个哨所，哨所有一条大狗，叫“大老黑”。“大老黑”老了，不中用了，新来的连长决定把它勒死煮着吃，可是谁也不肯动手。连长认为重赏之下必有勇夫，就说谁勒谁吃大腿，可是还是没人动手。连长一打听，才知道“大老黑”是哨所的“老战士”，服役九年了。他就改变主意了，把“大老黑”正经养起来，战士们把它养到老死，并给它立了块碑，碑上写着“大老黑”光辉的一生。她还说，她护理过一位英雄连长。他经历九死一生活下来了，有了名声，有了地位，还娶了美貌的妻子，本应品尝一番生活的乐趣了。可是他总觉得不该丢下战友的遗体，整日忧郁、烦躁，夜里常爬起来喊：“喂，死也要选个地方，我带你们爬回去……”

那晚，我睡不着，隔壁传来吴穷吟读英语的声音，那声音融在静静的夜里，很耐听，像溪水从卵石上潺潺流过。“这个小女兵……”我感叹着，比起那些“看破派”们，比起我这个用一只眼睛看世界的人，她也许单纯了点儿。然而她有她的生活信念，有纯真的心性，这是因为她心里装了太多美好的东西，这些美好的东西确实存在呀！

我对吴穷的态度开始出现了微妙的变化，起初连我都没有察觉，仿佛一切都很自然。

每当就餐铃声响起，我总是磨蹭一会儿，仿佛在等什么，然而心里又不愿老老实实承认。我在等待什么？我什么也不等待，我在读报纸，我在翻材料，我不太饿——说服自己的理由是很充分的。可是，当走廊里一传来那熟悉的脚步声，我又催促自己：该吃饭了！

我还爱往医务室跑。当然，每次去都有一个小理由：问问药够不够，是否又添了病号，发现传染病人了吗……堂皇又适度，而且颇有事必躬亲的认真态度。

我还爱跟值班的老师傅讲吴穷的“坏”话。他总爱朝我笑，笑得我心里发毛，我就说：“这个小吴穷，简直是个孩子，懂什么呢，就知道哭！”她确实爱哭，每次看电影、电视，常抹几下眼泪。

一天晚上，我的好友梁参谋跑来看我。我们关了灯，让月光将室内布成朦胧的幻境，然后对坐床头，各自点燃一支烟，没边没际地聊起来。天上地下，中国外国，星星月亮，穿衣吃饭。最后话题停留在爱情这个神秘又庄严的问题上。他问我想好了没有，究竟想找个什么样的。

我几乎不加思索就说：“最好是心地纯净的，虽然不一定漂亮，也可能不机灵，甚至额头什么地方长两三个小痞子，然而痞子就痞子吧！”

“你说的是谁？”梁参谋“啪”地按动电灯开关。

我突然吓了一跳，是啊，我说的是谁？我这是怎么了？我不是曾经发誓要找个漂亮、机灵的女友吗？我不是背地里挖苦过她额头与鼻翼间呈三角形分布的三颗小痞子吗……

我想起外婆家院子里的那棵老榆树。树冠中常有喜鹊绕来绕去，谁也没有注意过它们在干什么。可是时间长了，偶或一瞥，它们竟然神不知鬼不觉筑起一个小窝，很难再打发走了。

四

我开始安慰自己，还有时间，还有时间……当读书班只剩下最后一天时，我终于沉不住气了，似乎人生中只有一次的重大机遇就要被我疏漏过去。

我打电话邀来梁参谋。他很快来了，一进门就问有什么事。我说没什么事，他说不对，一定有什么事。我说：“确实没什么事，就是……哎，你知道吗，我要找个什么样的？”我有些着急了，本来应当先聊天上地下、中国外国、星星月亮……

“你不是说过了吗，‘然而痦子就痦子吧’。”他观察着我神情的变化，“不过我想，漂亮比不漂亮有魅力，机灵要比不机灵的招人喜欢，至于痦子，痦子毕竟是痦子啊！要知道，脸上可不是播种痦子的地方。”

能说他讲的没有道理吗？我有点儿动摇了，虽然不彻底。我恨自己的不坚定。我应当告诉他：坐在她身边，就像坐在清澈的小溪旁，会照出你身上的污垢，会让你的心灵也清澈起来。可是我什么也没说，我想稳住，再考虑考虑。爱情可不是闹着玩的呀！

晚饭后，吴穷向我辞行，说院里派车来了，她要随政委一起回去。她掏出一个纸包给我，我打开看，发现是一袋袋装好的药片，上面标注着药名、服用次数、剂量及用药人姓名。

“这是给几位首长路上吃的，我来不及送了，请您代劳。”

“再没别的事儿了？”我心情有点异样，盼她说点什么。

她笑着摇头：“再见！”

我也嘴硬起来：“再见！”

在我的遐想中，告别是很精彩的一幕，会留下很多回忆，让人回味良久，然而现在只是一个“再见”。“再见”算什么？简直跟早上熟人见面顺口说一句“吃饭了吗”一样，毫无意义。

就这样，我看着她被北京吉普载走了，载去五十里外大山皱褶里一间幽静的野战医院。我有种预感，她一进了那个山窝窝，很快就会把这段短暂的生活忘掉，想到这里，便有一种莫名的惆怅罩在心头，我开始试探地悄悄问自己：有没有力量把她从心里铲除出去。

吴穷走后没一会儿，我带车去三门送岛上的同志。临上船时，大家一一和我握手告别，然而嘴里不断蹦出的却是吴穷的名字：“回去问候小吴护士，走时没见到她……”

“办公室给她写了鉴定没有？没有？哎呀呀，总该写个鉴定什么的表扬表扬人家嘛！”

“……告诉她，她想要的贝壳，我一定让船上人尽快捎去。”

……

我嘴里应承着，心里却有点酸溜溜的。当着我的面，大家却把如此“厚爱”给了吴穷，我真有点不好意思，甚至有点不安呢。

“老牛船”“哞”地叫了一声，缓慢地转过身子，向亮着航标灯的地方驶去。我倚着检票口的栏杆，把手举起，向船上的人摇着、摇着，思绪却悠然地飞向北面的公路。我在想，那辆北京吉普这会儿到哪儿了？也许过了澳头村，说不定已经钻进山里了，她这会儿在想什么……但愿她能想点什么，比如我对她说过“星期天真寂寞……”

突然，附近传来一声呼喊：“刘干事，船开走了没有？”这声音太熟悉了，也让我太兴奋了。我最初怀疑自己的耳朵，可是很快看清了，是她。在高高的三十级石阶上，她蹦跳着，一步两阶，两只微黑的纤巧的手臂，有节奏地舞动着。她一定跑了很远的路，面孔涨得红润润的，喘息着。

“什么事？”我压制住欣喜的心情。

她顾不得答话，径直跑到检票口，朝远去的“老牛船”望了好一会儿，才颓然地转过身：“要是早来两分钟，说不定就赶上了……”

“什么事？”我有些急了。

她在挎包里翻来翻去，翻出两个崭新的塑料袋：“许团长，就是胖胖的那个，说一坐船就晕，来时吐了一身。我答应他，临走时送他两个塑料袋，如果吐的话就吐在袋里。可是……上午还记得，下午一忙乎就忘了，真该死！”

这让我能有什么“感想”呢？她从很远的地方赶来，仅仅是为了送两个塑料袋！我想笑，可是不敢，她是那样的诚挚，绝没有做作的样子。

“你是在半路上想起来的？”

“是呀！”她随我下了石阶，“我一上车，就觉得忘了一件什么事，我就想啊想啊，等车子跑到淡水河桥，我一下子想起来了。我就喊：‘停车！快停车！’把我们政委吓了一跳呢！”她笑起来，又带着深深的自责。

幸亏她忘了，幸亏她又想起来了。

我们并排走着，相隔两步远。我决定了，就在前面那盏坏了路灯的灯柱下面，我要说出来。也许会把她吓一跳，可是管她哪，吓一跳就吓一跳。

路养叔传奇

路养叔的事情我是在道班幽静的院落里，头顶满天繁星，伴着一帘飞溅的瀑布流水声，听道班里三两个养路人谈起的。

路养叔也是养路工，很多年来一直在金花洞道班生活工作，我在公路局时便听人提到过。路养叔其实是一个由道班工人集体养育的弃儿。据老班长说，当时是国民经济困难时期，一位养路工清晨巡路时发现了被遗弃在道班门口的路养叔，因不知道他的出生年月日和姓名籍贯，所以就给他起名“路养”。道班工人把他送到县保育院，又从县保育院领养了他，他长大后就在道班工作了。

青工张乐坐在我身旁，边神气无比地拉着跑调的破二胡边告诉我，路养叔十八岁起开始在金花洞道班干活，期间只下过八次山，去过八次县城。树头此时正坐在我对面，中间隔着一张青石圆桌，圆桌上放了几碟花生豆子之类的下酒菜和两瓶酒。树头听了张乐的话，端起大半碗酒一口喝干，然后把空碗极有声势地丢在石桌上，狠狠地纠正张乐：路养叔不是十八岁当上了路工，而是十六岁；山也没下满八次，县城根本从来没去过。原因只有鬼晓得。

树头的话音刚落，一阵放肆的哄笑声从院子的各个角落响起。是笑张乐，还是路养叔，或是别的什么，我不知道。

树头三十出头，是个精瘦黑亮的汉子，说话做事经常一副莫明其妙的神气。张乐上金花洞进道班没两年，虽读了十年书，识字知事，但论起山里的路呀人呀之类奇奇怪怪的事，自知不敢和树头这样的老资格路工较真。人家说起树头或山里道班的故事，完全是一副无所不知的神气。张乐知趣地丢下跑调的破二胡，过来斟满两碗酒，两只手端起来互相碰一下，一碗递给树头，然后俩人同时一扬脖子把满碗酒喝个干净。

好在这些数字与他们讲给我的那件路养叔的事情无关。总之，路养叔在金花洞一口气干到四十往上，前两年娶了个奇奇怪怪的媳妇，今年春调到金花洞更深处的一个养路点。那是个新点，如今只有路养叔夫妇一家人。

现在只剩下了星星丢来的眼光，瀑布流水声似乎远去了，变得若有若无，树头点燃烟，抽到一半，开始了对路养叔那件事情的讲述。

在一个云很浓，天色昏暗的傍晚，太阳落到了地平线以下，天地之间只留下一条可怜的狭长缝隙。路养叔扛着把锹，走在缝隙间一条黄链子样的公路上。最初，路养叔看到路边有一团混沌不清的杂色。路养叔没在意，在山里走了几十年了，还有什么没见过？路养叔照旧慢吞吞地走。

后来近了些，那团混沌的杂色在路边蓦然抓住路养叔的目光。路养叔的眼神直了，僵硬硬地发亮，他怀疑自己干一天活累昏了，看错了东西。路养叔几乎在盼着自己看错了。他有些怕，怕什么？说不上，反正越是想见又越见不到，一旦突然见到了反而要怕。

……

“你说是不是这个理？”树头冷不丁中断叙述问我。我不知道怎么回答他，只好木讷地和他对望。“你能猜到路养叔看见了什么吗？”我当然只有摇头的份儿。树头得到了极大的满足，便扔掉短得不能再短的烟屁股，继续他的讲述。

路边那团混沌杂色神奇地在路养叔眼前动起来，那是一种愚笨的沉重的几乎无济于事的艰难蠕动。渐渐地，路养叔发现那团混沌杂色的动作是朝着他做的，极顽强地向他表达一种他不能理解的意思。路养叔真的害怕了，他不知所措，停住脚步，锹扛在肩上像支光秃秃的旗杆。

不可回避地，一张女人的面孔，一只女人的手臂在路养叔面前展露出来。那张面孔上的嘴巴无言地翕动，那只蜡黄的手臂无力地摇摆。

好些年了，路养叔在金花洞道班很少谈论女人，尤其不谈女人与男人之间的那些事情。无论听到的奇趣怪事如何素素荤荤、风风雨雨，无论树头一伙光棍说得如何激情飞扬、魂魄飘荡，路养叔一律沉默，在一旁拼命抽烟。然而在肚子里想女人，痴狂勾勒男人与女人之间的那些事情，路养叔做得最多，也最强烈。树头这样极其有把握地评价路养叔，好像他掌管着路养叔的全部心思。尽管有点奇怪，却容不得你不信。

最后路养叔还是犹犹豫豫地走到女人跟前。女人歪倒在地上，脸上沾了土，头发里夹着草屑。衣服倒破得不厉害，只是看不出穿了多少年。路养叔想说些什么，但话到了舌尖又咽了回去，就只能呆呆地站着，呆呆地望着，歪倒在地上的女人。

女人始终盯着他望，大概终于望出了真诚善良来，就歪倒在地上，把手颤巍巍地朝路养叔伸过来。

那手还不算十分粗糙，但脏得看不出肉皮的本来颜色，五根尖尖的手指离路养叔越来越近，犹如呼唤的信号。路养叔伸出手的时候全身发紧，紧得阵阵颤抖，当他抓住了那个女人手的刹那，整个身体便被从未感受过的电流击透了。活了四十多年，路养叔这还是第一次接触女人！

那女人扶着路养叔吃力地从地上爬起来。路养叔重新打量站在自己面前的女人时，若不是因为女人紧紧地抓着他的手，路养叔惊讶得几乎松开了扶着女人的手。

女人的肚子委屈地偷偷隆起，已经明显地高到了顶峰，本来能骄傲地展示可以期待的希望和幸福，然而它却让女人承受着偷生带来的苦难重负。

这时候天已经暗下来，深幽莫测的夜在金花洞降临了。公路上也弥漫起夜的迷雾，一层层渐浓渐重。已有工夫没见车辆来往，四周的山谷极静。

路养叔平静了一些，手仍旧扶着肚子高高隆起的女人。起先他听见了女人的呼吸，那呼吸是芳香的，甚至带着一丝奶香。当然，奶香到底是何种气息，路养叔早忘得一干二净了，连在母亲怀里叼奶头的记忆都只剩下一丝苦涩。后来，路养叔听到女人说："大叔，你救救我和肚子里的小生命吧，我会报答你的。"

路养叔迟疑着点点头，扶起女人要走。那女人又说："大叔，你就不问问我从哪里来，生完孩子还要往哪里去？"

路养叔摇摇头不言语。

"你就不问问我，结婚了没有，有没有男人和家？"

路养叔还是摇摇头不言语。

"大哥，你是哑巴吗？你天生不会说话？"

"大妹子，我们走吧，天黑了。"

女人泪流满面。路养叔后来对树头说，他没有看见女人流泪，他不忍心望女人的脸。

寒风冷雨的夜里，一对陌生男女相扶着，走出一路浅淡的温暖，温暖只是可怜的一小团，笼罩在两人周围。他们一路没说一句话，始终默默听着各自的心跳走。半道曾有一辆"东风"卡车迎面驶过，车灯照出斜着从空中飘下来的雨丝，飞转的车轮溅了两人一身泥浆。

道班七八个壮的瘦的男人已在较大的一间公用房里摆好饭菜，等急了。树头说那天不知怎么了，也没人明确建议，几个人七手八脚上山搜林子回来，就多做了几样菜。菜做得不好看，粗粗大大地盛放在土碗里，堆成尖，味道却很香，兴冲冲诱惑着等急了的汉子们。

路养叔跨进屋子，脚还没落稳，树头首先冒了一句："咋这么晚回来，捡到金银财宝了吗？"树头说完这话，嘴还没来得及闭上，刚上山进道班没两天的张乐就尖着嗓子叫起来——他看到了紧跟在路养叔身后的女人。七八条汉子晃动着身子，也都相继看见了路养叔身后跟着的女人，但天已黑得极透，谁也没看清女人的模样。

有人乐滋滋地吼："哟，路养叔今天真是发财了，比捡到金银财宝还好，快领进来让我们饱饱眼福。"

众人接着乱糟糟、热辣辣地开始起哄，声调粗犷，言语充斥着山野的无拘无束的劲头，欢畅、欣喜、痛快同样明显。

只哄闹了很短暂的一阵子，起哄便戛然而止，屋子里突然静得叫人难受。压抑、郁闷的气氛有让人无法呼吸的趋势。有人拿陌生的眼光看着路养叔凝重板结的面孔，张乐等人只敢低下头。道班的七八条汉子虽各自住各自的小屋，不在大屋里同睡，饭却是在同一个锅里盛的，哄闹打笑早已成为一项业余活动。路养叔虽沉闷些，却从不扫同道班工人的面子。

今天很奇怪。树头强调他绝对没有夸大路养叔当时的表情。路养叔扫向屋里的目光火辣辣的，被扫到的人身心里却是冰凉的，冰凉得让人发寒，以致连树头这种一块在山里公路爬了许多年的熟伙计都感到寒气逼人。路养叔那会儿甚至摆出抽身而去的姿态。树头拍了拍胸脯说，如果当时不是他扭身而起，事情绝没今天这个结果。

树头起身，绕过半圈人，走到路养叔跟前，拦住路养叔往外走的身子。路养叔拨开树头的手，冷冷地说："我领了个女人来，有些难处，求各位兄弟给个面子，帮忙救个急，解个难。日后谁有难处，我路养也照样办。"

"路养叔你这话就和咱兄弟们见外了，啥帮不帮忙的，说什么日后报答这样的话。这些年了，除了张乐刚来，咱道班其余的人，你谁还不了解？什么时候分过你我？快进屋。"

树头说，自己当时边说着话，边把路养叔往屋里拉，眼神同时往路养叔身后的女人瞟。一是因为天黑，屋里亮灯，屋外特别暗；二是他不知为啥有点胆怯，怕路养叔注意到他往后瞟的眼神，所以并没有看清女人的样子。

路养叔依然冷着脸，挡住树头，坚持说："这事得大家帮忙，和其他事有些不一样。"

路养叔闪过身，将女人拉进来。

几乎同时，满屋子人一律倒吸一口冷气，发出压抑的一声惊叫。张乐忍不住地叹一句："一个大肚子女人啊，弄了半天。"路养叔恶狠狠地瞪张乐一眼，大约念及他年轻不懂事，便咽下了送到嘴边的恶语。

"你坐吧，要不先喝口水暖暖。"路养叔扶着女人坐下，自己动手给女人倒了杯水，放在她面前。

女人可能是真渴了，加上劳累饥饿的折磨，也不顾七八个男人正以何种眼神盯着她，自顾自地捧起杯子喝了一大口。

路养叔等女人放下杯子，稳了稳忐忑不安、惊慌紧张的心神，说：“这女人要生孩子，没地方。我想让她在我们道班，在我屋里生。哪位兄弟帮忙，容她在我屋里暂住些日子，其他事也请各位搭把手了。”

……

树头又收住了话，若有所思地点了支烟抽起来，一副深沉思索的模样。我略微摸到了一点树头的脾气，便不言语，等他自己张口往下说。

树头不知是猜到了我的心思，还是至今也不明白，又或者当时大家真的就那样想问题。他抬起头盯着我问：“你说这算什么事？冷不丁领着个大肚子的女人回来了。她是他什么人？老婆？他可没结过婚，都没听他说过有女人。不是老婆，就是他在外面偷偷摸摸把人家肚子弄大了，如今没着落了，只好领到道班来生仔？可我们总得知道实情，帮他补个手续赶快结婚吧。回头想想路养叔好像又不是那号人。后来，我们只好小心地绕着圈问。”

树头关上木板门，把漆黑的夜关在门外。屋里比先前暖和了一些。油灯上竖着的火花不再左右摇晃跳动不定。

每人碗里都斟满了酒，女人的杯子里是茶。大家开始吃饭喝酒，轻轻淡淡地说着不挨边际的事情。后来，树头领头，班里年纪顶多五十出头的李师傅插着话，问开了。

“路养叔，你们早就认识？”

路养叔埋头喝酒，往嘴里填菜，就是不说话，脸上倒没了刚进门时的怒气。女人也不吭声，不慢不快地吃着菜，昏暗的灯光下只能看到一双眼睛。眼睛和男人的不一样，被忧郁、痛苦还有别的一些树头说不清的东西装得满满当当。

得不到回答，大家就只好沉默了。再后来，看女人放下筷子，路养叔便起身把女人领到自己的屋子去了。过了一会儿，路养叔拿了几样自己常用的东西和一卷已多年不用的破铺盖卷回到大屋，在刚才坐的位置坐下继续喝酒。仍然没有什么话说。

树头终于忍不住了，壮着胆子问路养叔：“你不认识这个女人？

真的？”

路养叔点点头。

“那在你这儿生下娃儿怎么办？”

路养叔沉默着，又恢复了刚才的神情。

“她要是不走了，往后你养活她们娘俩？”

路养叔把头勾到胸前，看不出他什么态度。

这时候张乐突然插了一句：“你不知这女人的来历，别有什么问题。将来人家找上门来，咱们就不好说了。”

“狗屁！”路养叔一拍桌子站起来，爆发般吼着说“女人生娃，天经地义，黑了良心的人才把年纪轻轻要生孩子的女人逼出来。不是被逼到了绝路，女人能舍得孩子受这份罪？干吗把人都往坏处想，将来有事我路养顶着，不关你的事！”

这之后是一段很长时间死一样的沉寂。渐渐地，树头似乎看出了点名堂，便在李师傅身边轻声说了几句。李师傅听完树头的话，觉得可以试试，便对路养叔说：“路养，我和树头到你屋里看那女人一眼，说几句话，你看行不行？行，我们就去；不行，你说一声。”

“女人又不是我的，怎么会不行。只是你们别伤了人家。”

“道班干活的人你还不了解？脸皮子比别人黑，比别人硬，心肠却不比哪个硬！树头，走。”

树头两只贼精的眼睛望着我，星光下两粒黑眼仁闪烁着神秘、自豪，又不无得意的光彩。远处瀑布的流水声又近旁来，喧闹着送来湿漉漉的氛围。树头用三根指头捏起几粒花生扔进嘴里，嚼出很响亮的声音，嘴里溢出油乎乎的香气。等到花生全部从口腔进到肚里，树头才玄玄乎乎地说：“我和李师傅敲门进到路养叔屋里的时候，那女人正帮路养叔收拾着屋里的杂乱零碎东西。见我们进去，女人知道我们有话说，她朝我们点点头，坐在床沿等着我们开口。我们说了许多话，那女人也告诉了我们关于她的一切。我和李师傅当时发了誓，绝不把那晚上我们在屋里听到的一切告诉任何人。我能告诉你的就是那女人在那个晚上之前肯定不认识路养叔，和路养叔毫无关系，路养叔不愧是我们道班的好心肠人。再有就是她的名字叫彩霞。真对不起，你是我们金花洞道班尊贵的客人，并且要写我们的路养叔，不过我还是不能告诉你，因为我发过誓的。”

见鬼，树头居然向我双手抱拳拜了两下，以示歉意。有什么不能说的话？今晚的天空应该说是自由、美丽而富有同情心的，我也绝不是没有同理心的人。而且我已经深深地被这个女人的经历吸引了，我敢保证她的经历无疑可以成为一篇极有故事性和深度的小说，我甚至能够想象出一幅幅山区和女人特有的画面。然而树头毫不松口，他丝毫不理我的不满，继续说下去。

树头和李师傅从那女人的房间出来，神情完全与去时两个样。路养叔没理会走进来的他俩，似乎这一切与他没什么关系。李师傅坐定后，树头给每个碗里斟满酒。李师傅率先喝干了自己碗里的酒，抬手制止随后端碗的七八个汉子，要大家听他一句话。

“这女人不坏，人穷，心地善良，有我们道班工人的硬朗气。路养，你也是四十多的人了，娶了她是你的福分。人家还给你带来个未见世的仔。你要是听李师傅一句话就赶早办了。”

路养叔抬起头来审视着李师傅，他不相信眼前发生的一切。娶个女人是他的心里事，却未曾想娶个肚里带孩子的女人。道班的工人难，娶个女人过日子更难。有哪个女人有轻轻松松的日子不过，愿意来过这苦日子？事情是这样说没错，可路养叔到底是男人，男人心里装了啥，树头说他明白。男人毕竟是男人啊！

路养叔既没点头也没摇头，只是低头呆坐着。李师傅说没表示就算答应了。听到李师傅这样说，路养叔还是没有任何反应，道班里的七八个汉子却明白路养叔心里的苦，于是一起乐滋滋地开始起哄。

树头因回忆起当年的美好情景而忘我了，自豪地说他是组织者，是主持人，李师傅不过是为他们证婚人罢了。

婚礼在第二天晚上举行，本来还可以更隆重、更热闹些，但因云压得太低，暴雨欲来，人们的心里和大山都隐隐感受到沉重的压力。路养叔的破工棚被布置成小小的新房，新房里新灯新画新铺盖。新铺盖是大伙儿集体送的礼，新画上是一个可爱的胖娃娃。婚礼宴席还是昨天公用房那张吃饭用的大桌子，不过上面盖了张半旧的塑料布。婚礼以吃喝为主，路养叔几乎没说什么话，倒是女人被道工们哄着说两句。说了什么树头记不清了，他只记得当时女人脸色不好，头上的汗珠成串往下掉。幸亏李师傅有准备，白天请李师母上山帮着操办婚事时，也请来了当地的医生，以防万一。这不，真的快生了！整整折腾了一夜，树头和其他人都被女人痛苦的叫喊声惊得心悬着，浑身发冷。张乐更是猫一样蜷在树头身边。路养叔不愧是个硬朗朗的山汉，一个晚上始终忙着烧水拿东西，前前后后不住地走动。

天地是被婴儿一声嘹亮的哭喊划破的，先是天地之间涌出光亮，开始很淡，后来转艳，宛如绸子舞动在地平线上。最后那个婴儿圆圆的脸庞笑眯眯露出来，望着疲劳了一夜的路养叔和其他人。医生告诉路养叔："你捡了个儿子。"

苍天有眼，整整憋了一个星期没让雨落下来。一个星期，路养叔尽职尽责照料住在新房里的母子俩。那个星期，人们都没看到路养叔的笑容，张乐这样补充。

树头听到张乐补了这一句听来无关要紧，其实极能表现路养叔当时心态的话，便宽容地闭上嘴，谁知张乐又不说了。

"我们是不是该喝点酒？"树头突然这样问我。我有些恼火，何苦卖关子？

"路养叔的事情到这儿就完了吗？"喝过一杯酒，我问。

"要说完也行，再喝一杯怎么样？"

有什么办法呢？路工的脾气都有点倔强，有时让人受不了。好在我还能在酒桌上应付两下，便咬紧牙又干了一杯。

这次放下酒碗，是树头主动往下说的。

不多不少一星期过完，天降暴雨，雨水成片成片地往下倒，铺天盖地洒得天地一片白茫茫水帘。山水不知在哪座山梁哪道沟谷聚成条条巨龙，从一个个让人意想不到的缺口冲出来，杀得盘山公路昏天暗地，一塌糊涂。金花洞道班全体出动，奋战在公路上。树头向我形容，他们维护的十千米路段上许多处被暴雨掏出一个个能填进一部卡车的地洞，稍不小心就可能葬身百丈谷低。大部分路面被洪水刷出深深的鸡爪纹，车辆跑上去犹如剧烈的颠簸试验。又是整整一星期，他们全部人马没一个回道班休息。一天三顿饭由道班做饭的师傅挑着两只桶送，一桶米饭一桶汤，饭上盖着发黄的菜。晚上他们轮班在一盏马灯下打个盹，醒来接着修路补路。树头说那些日子真累，只是当时并不觉得，后来回想才觉得累怕了，都不知道那些日子是怎么熬过来的。

张乐说他的骨头就是在那些日子累结实的，实在熬不过去的时候他和树头便拿路养叔寻开心，说些道班工人们说惯了的荤笑话。路养叔不恼，任他们说个够。实在说得过分，听不入耳，他便捏住树头和张乐的脑袋碰出闷闷的一声。

最艰难的一个星期终于过去，十千米路段又平整完好，各种吨位的汽车“呼呼”地飞驰驶过新铺的路面。

最后一夜似乎不像往常那样漫长，天空中的紫色刚刚结束时，黎明就早早地赶到了。金花洞道班的路工习惯性地拖着沉甸甸的脚步，将工具扛在肩上往道班驻地而去。

树头和张乐几乎同时发现路养叔故意走在最后。树头说那是很舒适的早晨，金灿灿的色泽瞬间便涂满了山峰，汩汩流向山腰的那几间石屋。

路养叔远远地朝他独自住了十数年的屋子走近，他的脚步犹犹豫豫，面部的神情凝重，仿佛怕什么东西从那里流溢出来。他看见他清冷的小屋居然飘出从未有过的炊烟，那烟很是动情地、柔柔地在屋子上空，清清淡淡散发出家的香气。后来，路养叔看见屋前拉起一根铁丝，铁丝上挂着洗净的他的衣服和孩子的尿布。刹那间，路养叔心里的泪涌上来，干枯了许多年的眼圈红了。他目光一转就和另一道目光碰在了一起。

他的女人站在屋门口，怀里抱着孩子，正笑盈盈、含情脉脉地望着他。他好像第一次看见这个女人般，那女人竟很漂亮，很年轻，肚子空下去了，紧紧地收在胸脯下。他痴痴地想着她怎么就嫁给了自己，他没问女人，也没问树头和李师傅。他觉得问了就不地道，不善良了。现在他有了一丝怀疑，这女人真的嫁给了自己。

路养叔加快了步子，急急地走到女人跟前停住，许久没说话，最后还是女人先开了口。

“累了吧，快去屋里吃点东西歇着。”

“你怎么下床了？”

女人笑了笑，说：“孩子爸，看看孩子吧。”

“儿子！”

路养叔第一次以父亲的目光望向女人怀里的孩子，他在心里说：“今天得下趟山给女人和儿子买点礼物。”早晨静静的，再没有别的声音。

树头结束了他对路养叔的叙述，我再问什么，他就让我去问路养叔和他的女人，还有他们已经会说会跑的儿子。

天空上仍旧繁星点点，不远处的瀑布依然在飞溅高歌。道班的院落里，石桌圆圆的，像两面铜镜。我和树头相对而坐，张乐坐在我这边，张乐的旁边躺着那把跑调的破二胡。

杜鹃红烂漫

一

急雨乱箭似的，好像要把帆布车篷穿透，满世界都被它的喧嚣慑服了。后面车队的雾灯在雨帘中，像一颗颗黄豆游移着。

车速忽然减慢，不，分明是停下了。在向前颠簸一下之后，发动机轰鸣一阵，车外有人喊，还有人用拳头砸着车厢板。

“推车！”

“都下来推……”

她愣了一下，有人已经爬到车尾朝下跳了。她立即弓起身，抓住车尾箱板一纵身，两脚还在空中，双手已经着地，接着额头重重地磕在地上。她懵懵懂懂爬起来，转过身伸手就推。风声，雨声，发动机的吼声，男人和女人粗重、尖细的号子声，搅成一团。雨水灌进脖子里，顺着胸背流淌着，她咬着牙，拼命推呀、推呀。

“干什么？”有人吼。她没听见。又吼一声，她仍未听见，但她忽然觉得自己什么地方好像不大对头。就在这时，一只大手从背后抓住她，差点儿把她提离地面……

真叫人又羞又恨！别人推车，她推的竟是人！成事不足败事有余，连车厢和人体的差异也感觉不出来，未上战场就懵了。可那就该把她拎起来吗？就像她儿时拎一只布娃娃一样，她马利娟什么时候被这样粗暴地对待过呢？但这种不快一瞬间就释然了：这是战争啊！

战争！战争什么样？关于战争，她的认知只局限于小人书、小说和荧幕上的场景：在枪炮轰鸣和硝烟弥漫中，叔叔和伯伯们冲呀、杀呀，流血牺牲……一看到这样的场面，她就吓得蒙住脸，朝母亲怀里钻：“妈呀，咱们回家……”母亲搂住她：“宝宝别怕，那是电影……”除了电影，她只见过那些持枪挥刀的男孩子们，雄赳赳地在街头和院子里排阵、打仗——遇到这种场面她也是扭头就跑，有时竟吓呆了，置身于“战场”，捂着耳朵，闭着眼睛，扯着嗓子又哭又叫：“妈呀，妈呀……”

可她竟渴望参军！是因为帽徽、领章装点的军装，能使豆蔻年华的她更娇媚、俊逸？还是因为她那颗少女心也和男孩子一样，崇尚勇武、豪壮和伟烈？她说不准。但她是读过《木兰诗》“唧唧复唧唧，木兰当户织”。大敌压境，一个古代的女子尚且“愿为市鞍马，从此替爷征”，她一个20世纪80年代的共青团员，还能眼睁睁瞅着敌人霸我河山吗？

她报名参军时想到这些了吗？入伍通知书眼看要到手了，又险些被人挤掉，急得她抱着母亲哭时，她想到这场战争了吗？三个月前，当她坚持要求下病房时，想过不离开通信连就不会有今天的幸运吗？世界上有些事情真是掰拆不开，有的只能是幻想，有的突然就变成现实了。

不过，上前线这最后一关，可是她找完科里找院里，软磨硬泡闯过来的。同科的张利娟以为自己被她顶下来了，气哼哼地找她算账：“小马，你这不是踩人肩膀往上爬吗？”她吓了一大跳：“我不知道呀，真能这样吗？”没做亏心事，她却心虚起来了。名单一公布，一个不少，两个利娟抱着差点跳起舞来。乐够了，她问张利娟：“还有气吗？还有的话，我用注射器给你抽出来。”

刚离开医院时，她恨不能一下子就飞到前线。一天一夜过去了，随着车身颠簸，脑中那些清晰又模糊的战争景象，逐渐被家乡的景色代替了。“上关风，下关花，苍山雪，洱海月”，那四季鲜花盛开的下关，那生她养她的故乡。此刻，母亲是沉入了梦乡，还是在思念着女儿？参军临行那天，母亲送她到车站，告诫这，叮嘱那，连晚上别蹬被子也讲了一遍又一遍，同伴们都瞅着她笑。她噘起小嘴：“妈，我都十七岁啦！”母亲抹把泪：“你就算七十岁，在我眼里也是孩子……”那是没错。可战争猝然而至，也闯入了她的人生。她是奔赴前线的军人了，是保卫祖国、保卫人民的战士了！

一种从未有过的豪壮之情油然而生，笑容浮现在她的脸上。她使劲睁开眼睛，天空雨霏霏，群山雾蒙蒙，泥泞的山路上，一辆辆蒙着伪装网的军车正向前行进。驾驶室和车厢里一顶顶闪亮的钢盔下，是一张张勇武的战士的脸。热血蓦地在她周身冲腾起来，困意顿消的她纵身跳下车……

二

一件件血衣，一盆盆血水，一双浸泡得发白的手奋力地搓呀、搓呀……

她还是半个月前的那个她吗？她捋了捋汗淋淋的粘在额前的一缕秀发，不可思议的不是那张整整瘦去一圈的有些陌生的脸，而是她竟然能够铁石心肠般冷静地面对这一切！

沉雷似的炮声，不分昼夜地在山崖上震响。不断有伤员被送下来，血从缠满绷带的头上渗出来，从残断的四肢上浸滴着，从血肉模糊的胸背上流淌着，也在她那颗十八岁女儿家的心头流啊、流啊。她和女兵们手脚不停地给伤员包扎、洗脸、擦身。伤员十之八九脚板都溃烂了，腋下和胯下溃烂的也不少，有的还生了蛆，衣服、鞋袜和皮肉粘连在一起。她边脱衣物，边轻轻地在伤口吹气。伤员说：“小同志，有味儿呀……”她一听到这话就受不了，真想抱住那伤员哭一场啊！可她没有。是泪水都被恨和爱烧干了？还是卫生员的身份不允许她在伤员面前落泪？她说不清楚。

她“承包”了一间有二十四个床位的病室。除了按时打针送药，她还给伤员理发、剪指甲、读报、写家信，给睡着的伤员赶苍蝇……有几个重伤员，洗脸、吃饭、解手都不能自理。为了能让他们吃上热饭菜，她就像《快乐的炊事员》中的杂技演员一样，喂第一个伤员一勺饭，趁其咀嚼的工夫赶紧跑去喂第二个，然后再喂第三个……伤员要上厕所，她就背着去，比她高出一头的伤员就像座山。有的伤员解不出小便，她就用杯子盛满水，“哗哗”地朝便盆里倒，刺激伤员果然尽快尿出来。十八岁正是贪睡的年纪，她睡觉又特别沉，用母亲的话讲是“让人抱走了也不会醒”。可自从两天前，有个重伤员自己去厕所差点儿摔倒后，她再也不敢睡实了。开头，她对自己能不能挺住实在缺乏信心，病房离宿舍就几十步远，五天过去了，她竟然一次也未回去。不可思议吗？几天前，别说亲自动手导尿了，就是听听也要脸红心跳。可第一次成功时，她却激动得差点儿跳起来。

只有一次，她哭了。一个战士因猫耳洞塌方被压伤，几天后要求出院，办好手续，只等有顺路车就回连队。一天晚上正在放电影，她听说有去前线的车，就去荧幕前喊他。那战士让她把小板凳捎回病房，车开动时，还兴冲冲地朝她喊：“小马，谢谢你。有机会到连队去玩……”哪知，第二天他就踩雷牺牲了。如果她不去叫他，他会牺牲吗？连场电影都没看完。她跑到小树林里哭啊、哭啊。哭有什么用呢？是她害了他吗？这是战争，不是荧幕上的战斗故事片。可她为什么不能去前线流血牺牲呢？若是早知道这场战争这样残酷，她一定像花木兰那样女扮男装上阵冲杀，现在却连像《英雄儿女》中的王芳那样，上前线为战友们唱支歌的机会都没有……

那就给伤员们唱！她有副带童音的甜甜的嗓子，《我的祖国》《年轻的朋友》《莫愁啊莫愁》《我的中国心》……平时唱起这些歌，她心中是那样的惬意、快活，就像个无忧无虑的小天使。现在，在炮声隆隆中，她觉得不但心情，连嗓音都变了，变得深沉、庄重、火灼灼、热滚滚的，一颗心从未像今天这样和祖国贴得紧密、亲近……

还能做点什么呢？洗衣服。在家时，母亲心疼她，不让她洗衣服，总说她洗不干净。现在，那一堆堆血衣，被血浆、汗渍、泥土浸染得像帆布似的。洗几件，双手就搓破了，冒出血汁。小黑虫、花头蝇、山蚊子像敌人的轰炸机似的轮番进攻，在头脸和胳膊处又叮又咬，轰也轰不走，她索性也不轰了。一次，她竟一口气洗了四十多件衣服。

有一回，她刚抱起衣服便一阵天旋地转，踉跄着栽倒了。她知道自己是太累了，若能睡一觉，那就是世界上最幸福的人了。昏昏沉沉中正要睡去，忽然好像听见有人喊着："我看见班长了，他在山上喊我……"原来是一个伤员跑出病房，边朝山坡上跑，边喊班长。其实，他的班长已经牺牲了，他太想念班长才会那样。她还看见那个在梦中叫喊要为战友报仇，偷偷爬上去前线的车，被送回包扎所的伤员。她又想起自己珍爱的那把小跳刀。一天傍晚，她在病房里倚墙打了个盹儿，醒来后，发现白大褂的口袋里塞满了苹果和糖块。当时包扎所刚开不久，很多物资运不上去，一个苹果和一块糖非常珍贵。她把苹果和糖掏出来分给伤员，可谁也不要。她用那把红颜色的小跳刀削好苹果，硬朝伤员手中塞。有个伤员盯住了那把小跳刀："给我吧，我上前线若不死，就还你，若是……"她急得差点儿去捂伤员的嘴："别说！你别说……"一只精巧的小镜子、一方图案别致的小手帕，甚至一枚只能偷偷别在衬衣上的胸针，十八岁的女儿家谁没有点珍爱的"小玩意儿"呢？在医院时，有的病号看到这把小跳刀时问她："刀呀枪的，那是男子汉的物件，你要它干什么？"她也说不清为什么特别喜欢它，就像《红日》中女兵姚月琴喜欢那支在战场上捡到的小手枪。可此刻，只要打胜仗，战友少流血，别说一把小跳刀了，就是把心掏出来她也乐意呀！

"不能睡！不能睡！"她命令自己，强迫自己睁开眼睛，浑身却一阵阵发冷。她害怕了，前线去不了，这里就是她的战场，有多少伤员需要护理，眼下是一个萝卜几个坑，可不能病倒呀！她挣扎着爬起来，又去抱血衣，眼前直冒金星，身子软软的。

她明白，硬撑是不行的。吃药好办，可见效慢。最好打针，可一打针不就"露馅"了吗？那样，即使不被送回去，也会被强迫休息。怎么办？自己打！她四下瞅瞅，见没人注意，装好针头，吸了两毫升药液，手有些抖。打过针，她眯着眼歇了会儿，怕再睡过去，强撑着站起来，又去抱起那堆血衣……

三

一个刚被送下来的伤员不认识马利娟，也不知道她就在这个包扎所。马利娟帮他脱下鞋袜，又端来洗脸洗脚水，提起鞋袜转身正要去刷洗时，伤员叫住她："听说141医院有个小女兵立了个一等功，我们太不服气了。你听说过没有？"

马利娟说道："你说得太对了，那个女兵根本不配获评一等功，我也老大不服气了！"

几天后，这个伤员眼瞅着马利娟累得越来越瘦，很感动，说："我若是你们医院的领导，一定给你记功！"

她笑笑说："比起你们，我差得远哩。"

这个伤员转院后，终于知道她就是马利娟，托人捎信说："小马，我服了。一等功，你配！"

一批批伤员归队、转院，临走都恋恋不舍地握着马利娟的手说："谢谢你，谢谢你……"一次，她刚晾好洗过的衣服，转过身，身后排列着七八个伤员。其中一个跨前一步，敬个军礼，说："小马同志，你为我们流了那么多汗，操了那么多心……我们都是'无产阶级'。现在要走了，没什么礼物送给你，就给你唱支歌吧……"

少林，少林，
有多少英雄豪杰都来把你敬仰。
少林，少林，
有多少神奇故事把你传扬。
……

病房里，能走动的伤员都过来加入唱歌的行列，躺在床上的重伤员也放开歌喉。在男子汉激昂、雄壮的歌声中，她既激动又不知所措，再次流泪了……心想，我算什么呢？不就是包扎打针、洗洗涮涮吗？这些谁都能做。伤员们流了那么多血，有的残废了，前线战友还在流血，连只有一次的生命都献给祖国了，是他们给了我力量，他们才是真正的英雄啊！

当院党委给马利娟记一等功时，她是这么想的；当广州军区领导来包扎所看望伤员，对马利娟说“十八岁，不容易，你是我们的小英雄”时，她是这么想的；当一些单位请她去做报告时，她也是这么想的。她第一次走上讲台，胆怯得抬不起头，只听见自己的心跳声，几分钟过去了，还是讲不出一句话。有人上前给她翻开讲话稿，她捧着，读不出声。静默了一会儿，她忽然从台上跑下来，跑出会场，哭了……

能怪她“搅乱”了会场吗？十八岁的女儿家是有点不成熟，但她那颗心是真诚、透明的，就像她对那个不认识自己的伤员说“那个女兵根本不配获评一等功，我也老大不服气”时一样，绝无一点虚娇。

我在包扎所见到了她。中等个子，挺单薄瘦弱的，一对好看的杏仁眼，有点小“奔儿头”，脑后梳着两根小辫儿，活泼灵秀中透着沉稳，有股小大人气。

她给我讲给伤员包扎换药时，伤员怎样把牙齿咬得“咯咯”响，梦中怎样喊“冲呀”“报仇”……我请她讲讲自己，她讲起自己的家乡，讲她家养了好多花，凤仙、菊花、杜鹃……我问她：“那么多花，你喜欢哪一种？”她说：“杜鹃。”我问：“为什么？”她笑了笑，爽快地说：“因为它不惧风霜雪雨。”

父亲与酒

我印象中的父亲，是个地地道道的、死醉烂喝的酒鬼。怎么说他呢？喏，就跟何士光的小说《乡场上》的冯幺爸差不多。论起喝酒，方圆几里他也是挂得上号的。那年月，尽管家里穷得叮当响，但父亲的酒却从没断过。他好吃懒做，逢圩必赶，和他那帮酒肉朋友，往小吃店里的条凳上一坐，从衣袖袖口伸出他那只干柴杆似的蜡黄色的手，掂起酒杯就喝，常常半夜三更才摇摇晃晃地回来。他没钱就借，借不到就赊，日积月累，欠了一屁股酒债。为此，母亲常常埋怨他，而他说："嚎什么！今朝有酒今朝醉，明日有愁明日忧嘛。"父亲是一家之主，他就这个样，你拿他有啥法子？

记得当兵后第一次探亲，我买了不少礼品，鼓鼓囊囊一大提包。到家那天，父亲高兴地接过我手中的提包，放在桌上，然后便站在旁边，盯着我打开提包。精制奶油糖、柠檬夹心饼干，还有当时市面上少见的"大前门"香烟……我一件一件从包里掏出来，大家围在一起分享我带回的礼品，有说有笑，好不热闹。而父亲却独自蹲在门槛上“吧嗒吧嗒”地抽闷烟，显得很不高兴。于是我端着一盒糖走到父亲面前，打开盖子说：“这是我托战友从上海带来的奶油糖，爸，您尝尝！”“不吃！”父亲拨开糖盒，声音像闷雷。我吓了一跳。“你在外头当了官，好几十块钱一个月，就舍不得花几个钱买两瓶酒给我喝！”说完，父亲拂袖而去。我被弄得很尴尬，后悔得直拍自己的脑门：怎么忘了父亲爱喝酒呢？

从此，我每年探亲，总要给父亲带上几瓶部队驻地产的桂花酒。我每次到家的第一件事就从提包里拿出酒来，父亲顿时眉开眼笑，直夸我有孝心。

这次探家，还是按老规矩，我跑了几家商店，才弄到四瓶正宗广西药酒。我想，这回父亲准高兴。

到家已是晌午时辰。我和母亲聊了一会儿，便问：“阿爸呢？”

“他呀，”母亲刚要往下说，一阵车铃声打住了她的话头，“喏，那不是你爸回来了。”

我转过身去，只见父亲头戴一顶麦草帽，身穿一件不太新但挺整洁的灰色中山装，骑着一辆半新旧的自行车，车把上挂着一支摇摇晃晃的水烟筒，一路铃声正往家里来。他老远就认出我来，喊道：“回来了。”

我应了一声，迎上前去接过他的自行车，说：“爸，您还忙着呢。”

聊了一阵后，话题自然转到酒上来。

“爸，您猜猜我这次给您带的啥酒？”见父亲的眼睛盯着刚拉开的提包，我神秘地笑了笑，掏出酒扬了扬，“您最爱喝的广西药酒哩。”

父亲接过酒，脸一沉，好一会儿才问：“就这些，没有XO？”

我愣住了，脸上的笑容不知是收回好，还是留着好。心里纳闷：他是嫌我买的酒价格低？还是嫌带的数量少？我一时摸不着头脑，便向他解释道：“本来我还想多买点，可提包装不下，就……”

“我是问你书呢，有没有帮我买回来？”父亲有点生气地问。

买书？我摸了摸后脑壳，好一会儿才想起来。没错，半年前妹妹曾来信说过这件事。那时，我只晓得父亲要的是酒，他斗大的字也不识几个，买书干吗？当时我没在意，后来便忘了。

“算了，算了！”父亲见我为难，脸上的怒气也消了。他屈着手指“叮叮”地敲了敲酒瓶子，说：“这玩意儿，我早戒了。不过家里备了XO，给你结婚摆酒用。”

“戒了？”我怀疑自己听错了，半信半疑地问。

“不信，你问问你娘。”他朝母亲笑了笑，便讲起了他戒酒的缘由。

“两年前，村里人人搞承包，日子越过越红火。我坐不住了，就去找村主任。知道吗？乡林场在金山坳里有一片柑橘园。我说想承包那片果园，可村主任硬不答应，说我是酒鬼，会误事。你说气人不？他们是人，我也是人，他们能包，为啥就信不过我！我再三跟村主任磨，他让步了。但他提出了个条件，说只要我能戒酒，就把果园承包给我。我当场向村主任保证：戒！这不，就让我承包下来了。”

“您那酒瘾，说戒就真的一滴不沾了吗？”

“那也不是。”父亲边抽烟边说，“其实呀，开始时酒瘾来了，还是要喝一点儿，只不过是悄悄地喝。你知道吗？刚接手那阵子，看果树黄的黄，死的死，我心里也不踏实。后来，我甩开膀子干了几个月，那果树变得青溜溜的，苗芽一个劲地往上蹿，不久便结了果。我呢，像吃了蜜一样，心里甜，浑身是劲，越干越有信心。于是，我就没心思再想喝酒了。日子一长，不知咋的就不想喝了。”

“不过今天例外。”父亲高兴地转过头对母亲道，“他娘，去弄几个下酒菜来，咱爷俩痛痛快快喝它几盅。”

“你呀！”母亲用手指轻轻地点了点父亲的额门，扎起围裙下厨房去了。

提起喝酒，父亲深有感慨地说：“是呀！我张老汉过去人不人、鬼不鬼地在酒坛子里混了几十年，谁都瞧不起。现在村里信得过我，让我搞承包，我就要干出点名堂来让他们瞧瞧！”

“收成还好吗？”我急着问。

“还蛮不错哩。”父亲眉飞色舞地说，“三十多亩柑橘，黄澄澄的，坠弯了枝。前几天已摘了两车，九千斤，五千四百块到手了。树上估计还可以再收个五千斤。”父亲越说越来劲，拍了拍胸脯道：“不是我吹牛皮，今年除上交乡里，半个万元户不成问题。”

“人家还选他当劳模，到县里开过啥先代会哩。”母亲在厨房边做菜边说，“像他这样被黄土埋了半截的人，还跟小孩似的上扫盲班、农科班啥的，三天两头往乡里跑。你说他是疯了咋的？”

“你懂个啥！”父亲有点愠怒道，“种柑橘可不光是锄地，有劲就行，得讲技术、靠本事。懂吗？那次虫害，我一时慌了手脚，就用杀菜虫的乐果喷，结果虫没杀死，倒把果苗杀死了不少。要不是遇上农科站黄站长来乡里讲课，可就糟了。搞种植没技术吃不开，我算看准了这个理儿。”父亲说到这，像突然想起什么似的，“哦，对了，你过去不是有不少农机课本吗？”

我吃吃地笑了起来：“还提呢，那箱书不是被您扛到代销店里换酒喝了吗，您忘了？”

“哦，对对对！”父亲拍着后脑，也跟着哈哈大笑起来。

正说着，母亲端上四盘热气腾腾的下酒菜。

“来来来！”父亲拧开酒瓶盖，满满地斟上两盅，兴奋地说，“今天我高兴，咱爷俩多喝几杯。”父亲突然打住话头，说：“下次探亲，记得帮我捎几本有关果树栽培技术方面的书回来。要不，我真要生气了。”

“不用等下次探亲，我一回去就去书店买了寄给你！”

“好！”父亲卷起袖子，举起了酒杯，“喝！”

我惊讶地发现，父亲举起酒杯的手（以前蜡黄干瘦）变得红扑扑的，肌肉粗壮而结实，像充满了永耗不竭的、刚强自信的创造力。隆起的大血管里血液仿佛在跳动、在沸腾……这只手，它告别了贫困和愚昧，迎来了富裕和希望。

我痴痴地看着既熟悉又陌生的他，一虚一实的两个影子在眼前晃动……这难道是——

父亲？

父亲！

“喝！”

一杯酒下肚，我觉得今天的酒特别香，香得叫人陶醉……

回与归

列车在寒夜里飞驰。

故乡小城的灯火像一片星光，他从那片星光里寻找一双熟悉的眼睛。

列车终于停了。一个穿大衣的妇女在不远处站着。

她看见他了，虽然从恋爱到结婚，她和他在一起的时间还不到两个月，但是少妇特有的细腻，使她一眼便认出了自己的丈夫。现在，他那矫健的身影正一步一步向自己走来，她激动得按捺不住激烈跳动的心。

“不是说好了吗？你怎么还来接站？”

“我……”

“天气这么冷，都十二月了，你……”

“别说了。”

他望着她，满肚子的话一句也说不出来。多怪呀，刚才在车上他还在想，下了车如果她来接我，无论有没有人，我都要热烈地拥抱她。可现在只是这么呆呆地望着她，望着她……

“你还打仗吗？”

“只要来犯者要打。”

“取个什么名？”

“谁？”

“孩子啊。”

“那就要看是男是女了。”

“你希望是什么呢？”

“男的。”

“不……”

“为什么？”

“我怕他像你。”

“像一个当兵的有什么不好？”

“那样又多一只相思鸟。”

他和她都不愿再说下去。他曾想过解甲归田，她也想过夫妻如果天天能在一起该有多好。但是，他总是很快赶跑自己的这个念头，她也是很快不再那样想。无论在一起的时候，还是在来往的书信中，他和她从来都没把自己心里的想法说出来过。

“走吧，我们回家去。”

“回家？不……”

“怎么？出了什么事了？”

“我是说……我们在车站多待一会儿。”

“为什么？”

“因为我们第一次见面是在这儿，今天见面又是在这儿。”

“还有，我们分别时，你的泪水都洒在这儿。”他抓住她的手，紧紧地握着。

“我看了《高山下的花环》，做一个军人的妻子可真难啊……”

“走吧，我们回家去。”

他和她向出站口走去。快到出站口了，她突然停住脚步。

“我们还是不要出去了吧。”

她怎么了，是不是有什么心事？他想。

“几点了？”她问。

“十点二十三分。”

“你看……看看这个。”

他接过来一看，啊！一封电报，内容：火速归队！作为一名军人，他知道这意味着什么。他想埋怨妻子为什么不早些告诉他，但在这既是相见又正是分别的时刻，丈夫能对自己的妻子说些什么呢？

他们默默地站着、望着……

“家……不能回了。”

“我们还有十三分钟的时间。”

“你……”

“我给你买好了车票，西去的，十点三十六分开车。”

花 瓶

营业员芳芳倚着柜台，饶有兴趣地欣赏手上最后一对新式玻璃花瓶。那花瓶闪烁生辉，光洁照人，把她的波浪式卷发和一张多情的脸庞映得更加俏丽。

她不由得想起自己不久前买回的一对相同款式的花瓶。昨天她把它们放置在新房的五斗橱上，高高兴兴插入两朵美丽的鲜花。

想到这里，芳芳脸一红，一种幸福感冲击着她，似乎她一直期待、盼望的东西就要出现了。这是什么呢？只要太阳再升落四次，她就要结婚了。她忽然眯上双眼，思绪跃入情感的河流……

穿上时髦而漂亮的婚礼新装，轻盈地在新房里走动，四周回荡着祝福的话语。从广州到柳州，去桂林逛南宁，尽兴欢度新婚蜜月……

芳芳望望手上的花瓶，又看看手上的表。你为什么要一秒一秒地走呢？不可以快点吗？太阳怎么老是不动，难道不能快点落下去吗？真要命，婚期怎么会定在一号？如果定在今天，定在二十六号不是很好吗……哎呀，真没出息。她在心里取笑自己。

突然，一只黢黑的手像蝙蝠似的附在花瓶上，将花瓶凌空夺去。“我可找到了！”一个解放军小战士仿佛得到了宝贝，兴奋地叫了起来。芳芳在柜台里惊慌地退了两步，直愣愣地望着对面的战士。

刚才那张绯红多情脸上的笑意一下子消失了。她不知发生了什么事，迷惑不解地问道：“你要干什么？”小战士只顾爱抚那只花瓶，满脸堆笑着对她点头：“真对不起，我……真对不起。”

芳芳好奇地瞟了他一眼，这一瞥倒引起了她的注意。小战士像从垃圾堆里钻出来的，草绿色的军帽上黑一块白一块；眉峰上下、脸颊上，黏着星星点点的黑灰和白泡沫。湿淋淋、黑乎乎、到处是灰尘的身上，散发出一股浓烈的臭汗味。她赶紧伸出右手捂住鼻子，皱着眉，想转过身去，忽然目光落在他左手臂上的“值勤”红袖章上。她重新上下打量他一番，怔住了，那不是他吗？

那天傍晚，她得意地坐在朋友的自行车后座上，突然被两个戴“值勤”袖章的解放军叫住了，她感到很意外。他们又不是交通兵，再说人多车杂，谁管这份闲事？她爱理不理地让朋友快点骑，不要理他们。结果被叫进交通中队，罚款两元。眼前这个小战士，就是那天戴红袖章的其中之一。

“神经病！”她气恼地将双手交叉在胸前，装出一点都不认识对方的样子，冷冷瞪了他一眼。今天可是报复的好机会，不是说机不可失吗？

“你弄啥东西，搞七搞八的！把花瓶放下！”

他不好意思地将双手在衣服上搓了搓，望了望花瓶上的价签，怯怯地说：“这只花瓶我买了！”

“买也犯不着抢啊，笨赤佬！”

小战士被她的几句话训糊涂了，开始懊悔自己太冒失，才惹得她发这么大火气。他压根没从记忆中搜寻出在什么地方见过这位营业员。他正准备向她解释几句，可柜台内有人喊她听电话去了。

电话是她的同学莉莉打来的，要买新式玻璃花瓶。“卖完了。”她回答得干脆而简单。

“嘿，想想办法嘛！要不，你那一对给我，嘿嘿嘿……你还没办法？下班我来拿。”电话就这样挂断了。“唉，这个宝贝莉莉，今天又给我出难题。”她自言自语地叹了口气，软绵绵地回到柜台前。

“同志，付给你钱。”小战士把钱小心地放在柜台玻璃上。

芳芳眼珠一转，头一仰，“大波浪”连连晃动：“不卖了！”

小战士一下子慌了，一双惊恐的眼睛直愣愣望着她，皱了皱眉，眨了眨眼，伸出右手动了动帽檐：“怎么，不卖了？”他希望这句话不是真的，是他听错了或她说错了。

“不卖就是不卖，你管啥事？”她顺手拢拢“大波浪”的头发，转身白了他一眼。

“同志，同志，卖给我吧，我……我是送人的。”他急切地叫了几声，用期待的目光望着她。

她侧身靠着柜台，好像根本没听见，但又忽然转过身来：“送人，那种花瓶不可以吗？”她伸手指指货架上一对最大的瓷花瓶。

这对大瓷花瓶不知放了多少个春秋，上面积了一层灰，连颜色也难以分辨。他看看那对大而笨重的花瓶，又望了一眼手上的花瓶，扫兴地摇了摇头：“同志，我只要……”

“你啰唆啥？”芳芳探身一把把花瓶夺了回来，放进纸箱。

小战士打量着货架，除了那对大而笨重的花瓶，再也没有玻璃花瓶了。他无可奈何地把手伸进上衣口袋：“就买那一只吧。”

芳芳感到奇怪，闹了半天，他就为了买一只花瓶呀。她不太相信地问了一句：“怎么就买一只？”

“对，我敲破一只，就买一只！”

“一只花瓶我们这里不卖。”

“那……这一对多少钱？”

“十三块七角。”

不知是屋里闷热，还是由于紧张，小战士鼻梁上渗出豆粒般的汗珠。他两手在上衣口袋里掏了一阵，这卓别林式的动作，不亚于一个乘公共汽车逃票的人被售票员发现要补票时的窘态。

他东翻西找地摸出一大把碎钱，角角分分地放在柜台上，低着头一张一张点着。芳芳看他这副样子就来气，催促道：“快点，快点，为你一个人服务啊？”

小战士似乎被芳芳骂得不耐烦了，他一股脑地把口袋里的笔、本子、手帕全部翻了出来……

最后，小战士捧着一对大而笨重的花瓶，不情愿地转身走了。芳芳望着他一拐一瘸的背影，有种从未有过的欢愉冲击着她。她高高兴兴双手一拍：“积压了四年多的‘老寿星’，今天总算卖出去了。我还能多拿两块钱的奖金哩！对了，他扣我自行车的仇也算报了。”她觉得轻松了许多，便走到电话机旁给莉莉打电话。下班时间到了，她轻盈地跨上自行车，往家里奔去。

芳芳刚进院子大门，便被眼前的情景惊呆了。她家厨房门外围着一圈人，外婆哭丧着脸站在人堆中。门窗被火烧得不像样子，到处黑乎乎的，迎面吹来一股焦味。

她突然一阵哆嗦，脑子里一下子浮出电视机、大衣柜、装满新衣服的皮箱……一切东西似乎就在瞬间失去了。她连想也不敢往下想了。多么可怕啊！她感到周围的一切全在浮动、摇晃，自己好像在云彩上。她像失去重心似的摇摇晃晃走到外婆身边，一把抓住外婆的手：“这是怎么回事？”没等外婆回答，又推开外婆，扑进自己的房间。

芳芳呆呆地审视自己房间的一切。床上的大花被、电视机、大衣柜，仍然好好地摆放着，只有五斗橱和几把椅子搬换了位置。房门被烟熏得有点黑，地上满是湿淋淋的水迹。

外婆连忙跟着芳芳进来，她像犯了错误的小孩，惶恐地望着芳芳。她想解释，因慌乱而口齿不清：“用电熨斗熨衣服，停电……我去买菜……着火……我喊了几声，一个解放军冲进来，院子里来了一帮人……”外婆说着说着，哭起来了。芳芳望着一团糟的房间，谢天谢地，最起码大火并没有毁掉一切，收拾一下，婚礼仍可在一号照常举行。想到这里，她无力地躺在床上。

忽然，她被五斗橱上的一件东西吸引住了。花瓶？她心爱的玻璃花瓶怎么变成了“老寿星”？她像触电一样，一个弹跳从床上坐起来，一手抓起一只花瓶。芳芳呆呆地看着手上这对笨重的大花瓶，脑子里浮现出那个一拐一瘸的身影："这……"

"这是那个小解放军刚送来的。"外婆擦了擦眼泪说，"他救火，一个人把铁筒（煤气罐）背到外面，既挑水，又扫地……没有他，你这间新房就烧了！他搬五斗橱时，一下子碰碎了一只花瓶，要赔钱，我没要，他急得要哭……没想到，他送来就跑了……"

芳芳感到一阵心悸，嘴巴好像被什么东西堵住了，脑子里像烧开的水。她急不可耐地一转身，匆忙冲出房间。

暮色慢慢降临，晚风轻轻地吹着路两旁的梧桐树叶，沙沙直响。傍晚时分的马路和往日一样热闹，驶过一辆辆汽车，成群的行人在走动。人群之中有几个值勤解放军战士，像几片绿叶在浮动。芳芳望望手上那对难看而笨重的瓷花瓶，又望着远去的几片"绿叶"，忽然爱惜地将花瓶紧紧地贴在胸口……

红玫瑰

峡谷，灌木丛，洋溢着青草香味的空气。石缝里，春水渗泄而来，汇成小溪，向远远的山外漫流。山坡上的玫瑰花开了，颜色鲜红，在这翠绿的山谷里是那么光彩夺目，招人喜欢。翠竹丛中，一群麻雀叽叽喳喳高叫着，伴和着小溪的叮咚流泉，成了一支山区特有的小乐曲……

正在屋右边看丈夫喂猪的爱琴她妈，忽听有人在对面的翠竹林里喊她闺女，便向丈夫使了个眼色。但丈夫只顾拌料喂猪，笑呵呵地注视着肥猪，没注意到妻子的眼色。近几年，由于政策好，山里人纷纷买猪苗，精心喂养。说实话，猪苗喂得好，吃得足，不用一年就可以出栏哩。

爱琴她妈说：“你听不见？有人叫咱闺女，准是春山！”

爱琴她爸抬起头，说：“我耳朵好着哩，怎么听不到？反正是年轻人的事儿，你瞎操什么心？”

“咱俩就这么个宝贝闺女，你不操心？两个孩子才不管咱们操不操心呢，他俩早商量好，快要结婚了！上回，春山约咱爱琴上县城，就是买东西去了，听说买了蚊帐、毛毯、枕套……”

“你怎么知道的？”这些消息倒叫爱琴她爸有点惊讶，他闺女可从没有透过口风。“去年年尾分红，也有她一份，可她从没开口向咱要过一分钱啊！现在，她要添置点什么就添置什么吧。”爱琴她爸表现出家长的气度。

“嗨，你还不知道，去年她光剪‘通花’就积了两百多块哩！”

此时，翠竹林里又传来喊爱琴的声音。这声音既响亮又温柔，连灵巧的麻雀也斜着脑袋、拍着翅膀，暂时停止了聒噪，专心倾听那姑娘透着喜悦的回应。

老两口喂好猪，就蹲在地上摆弄晒着的稻草。

爱琴满面春光地从屋里跑出来。她刚刚梳过头，还换了一套新尼龙衫裤。她是这山区里的一朵花，脸色红润得就像对面山坡上的红玫瑰，眼里流露出幸福的光彩。

“爸，妈，我进城去了。”说着，瞟了一眼对面的翠竹林。

“就你一个人呀？”爱琴她妈抬头看了看天上的太阳，估摸现在是下午一点多。

爱琴她爸摇着头：“老婆子，刚才叫咱闺女的不是人？你这不是明知故问吗？”

爱琴调皮地扮了一个鬼脸，乐呵呵地说：“还有——他！”

爱琴她爸再次表现家长的气度：“走吧，快走吧，还能赶上下午三点左右的那场电影。下午城里人都要上班干活，电影票最容易买到。”

“哎！”闺女一转身，轻快地过了小山溪，将要跳进对面的翠竹林里。

爱琴她妈大声叫：“爱琴，爱琴！”

爱琴又像一只小兔般蹦跳回来：“妈，啥事？”

“你阿爸怕你手头紧，叫你进屋里跟他拿钱。大姑娘了，也该添几套像样的衣服了。”

这山沟里的山民过去谁家舍得花钱给闺女打扮呢？连肚子都填不饱。这几年各家各户多少都有了点余钱。

爱琴很干脆：“我们有！”又像一只小兔般蹦开了，跳进对面山坡的翠竹林里去了。

片刻，爱琴她妈看到翠竹林里的小道上，闺女和春山肩挨着肩，你挤我我挤你地走着。在小道转弯处，春山把头巾给爱琴围扎在头上，颜色是鲜红的。爱琴亲昵地偎依着他。

爱琴她妈看着，不觉笑了。心想，当年爱琴她爸可一次也没有这样对待过我呀。

摆好稻草，爱琴她妈挑着一担猪屎，下地泼肥。山谷里的黄昏来得特别早，她刚在小溪边把浇完粪的桶洗净，便已暮色苍然，远近的农舍炊烟袅袅。家里灶前，爱琴她爸正烧着火。干透了的松枝上，跳蹿着又红又旺的火苗。他笑着对爱琴她妈说："昨天炒的那点茶叶，到今天香味更浓了，你尝过了没有？"

这一带山民一贯不花钱买茶叶。各家种下几棵茶树，用祖传的手艺，在锅里把茶青炒熟后，再用双手来回揉搓炒熟的茶叶，然后让茶叶发酵十分钟，再放入锅里一直炒，直至炒干，这样便成了色香味俱佳的香茶。

晚饭后，夫妻俩品尝着自炒的新茶，爱琴她妈又把话题转到闺女身上："爱琴真苦惯了，这么大的闺女了，这两年才穿上不打补丁的衣服。"

爱琴她爸抽着烟说："谁说不是。"

"你还记得她那件伤心事吗？"

"怎么不记得。那时县里工作队的刘同志还在这里……"

那年冬天，山区特别冷。开会时，有破棉袄的就披上，连破棉袄都没有的，只好抱一床被子去，一到会场就把它围绕在腰身上。若是还觉得冷，不管会开到哪儿，人们便陆陆续续地溜走。那次会议是工作组刘同志主持的，爱琴她爸去了，任团支书的爱琴也去了。父女俩溜回家后，爱琴她妈问开的什么会。爱琴她爸说："会没完，冷得冻骨……说是明天一早上山开荒造梯田。"爱琴一回来就洗衣服去了。她想，身上这件布衫太脏了，赶快洗了连夜晾干，免得明天没得穿。年轻姑娘爱干净、爱漂亮，是人之常情。许多年来，这穷山沟里年轻女子身上的衣服，不知补了多少补丁。

谁知第二天一早，衣衫根本干不了，出不了门，上不了工。刘同志等急了，找上门来："爱琴，你怎么搞的，太阳早爬上来了，你还不出现。你是团支书，昨晚讲得好好的，全忘了？你带个什么样的头？"爱琴不敢吭声，抱着那件又湿又破的布衫，躲在门后淌眼泪……

好了，艰难的日子总算过去了。爱琴她爸喝完茶到邻居家聊天去了，爱琴她妈在家切着猪菜，爱琴一阵风似的回来了。

“妈，你放着，我来。”爱琴叫着。她的眉眼里含着幸福的火苗，嘴唇也含着笑。她的心里，仿佛有无穷的欢乐要迸发出来似的。

“走了半天山路，你歇着吧！”

爱琴走过去亲热地靠在她妈身旁，边解开手里捧着的纸包边说：“妈，春山给你和阿爸，各剪了一段的确良料子。”她喜气洋洋，急切地让妈妈知道闺女和未来女婿的孝心。

爱琴她妈眉开眼笑：“你的呢？”

“剪了两套哩！”爱琴抖开一段尼龙料子，粉红粉红的，真招人喜欢。

“噢，这么漂亮，是春山替你剪的吧？”

“嗯……”爱琴掩饰不住内心的喜悦，轻声回答。平日，爱琴说话声是很响亮的，为什么此刻却轻声细语？兴许她边应答着，边在想着什么喜事吧。

爱琴她妈套闺女的话，才知道闺女也给春山剪了一套好料子。爱琴忽然莫名其妙地轻笑着，又羞又喜地跑开了。她的红头巾轻轻飘动，她的脸蛋红灿灿的，她真是深山里的一朵红玫瑰啊……

上　哨

1974年冬天，我入伍来到汕头地区普宁县的英歌山下。

站岗放哨，对战士来说实在是再平常不过的事了。假若把一个人的军旅生活比成一首主旋律，那站岗放哨仅仅够得上是个小小的音符而已。万事都有第一次，第一次常常令许多人难以忘怀。我第一次上哨，就像一朵素洁的茉莉留在我的记忆深处，虽无摄人魂魄的奇香，它的芬芳却使我永久地回味……

那是一个初冬的夜晚，上弦月犹如一弯不住眨眼的眸子，忽明忽暗地闪现于云层之间，淡淡的清晖把旷野染得一片模糊。三天前还是瓮潭水库民工的我，此时已是一身崭新的国防绿，成为潮汕大地英歌山军营里的一个新兵。望着远处黑漆漆的大南山，心里一会儿空白，一会儿发懵。

一阵飒飒的山风吹过，哨位后面一米多高的蒿草丛里，不时发出窸窸窣窣、哗哗沙沙的响动，仿佛大海的涨潮声。“嗖”一团黑乎乎的影子突地从脚边窜过，飞快地消失在不远的夜色里。我不由得倒抽一口冷气，心窝顿时像揣了只兔子，一个劲地扑腾。背上开始冒汗，像有无数条小虫在蠕动。

“慌啥？没出息！”我一边诅咒自己的胆怯，一边努力做了几个深呼吸。待稍镇定后，便挪了挪有些麻酸的双腿，用微颤的手摸了摸弹匣，再推上闪着寒光的枪刺。随后，用力咽了口唾沫，提到嗓子眼的心似乎又被重新咽了回去。

我抬起头，决定把注意力从身边引开。远处的山路尽头，有一颗星正亮亮地挂在天上。从这里看去，多像我床前那盏柔和的小灯呀。要是在以前，此刻我早该惬意地躺进温暖的被窝了吧？每天晚上，母亲总忘不了端着小灯来到我床边，轻轻为我掖好被子，饱含慈爱地望上我一眼，才放心满意地离去。那小灯早就幻化成我心头一颗不落的星……

咦，山路上的“星”怎么飘飘忽忽，越来越近了？莫非是……刚刚松弛的神经又蓦地绷紧了。也不知哪来的一股力量，我端起枪大喝了一声，到底喊了句什么，连我自己也没听清楚。

“辛苦了，哨兵同志。”答话声如银铃般好听。借着暗淡的手电光看去，那柔弱的肩头分明挎着带红十字的药箱。哦，原来是位夜诊归来的乡村女赤脚医生。

“你……一个人？不怕吗？”我的语气中摆脱不了天真的好奇和幼稚的可笑。

她乐了：“有你们解放军呢！”随着她信任的一瞥，送来一串真诚而感激的笑声。

我的双颊霎时一阵发烫，幸亏是晚上，没人看见，不然……但她那目光、那笑语，却使我想了很多、很久。

渐渐，我明白了不少以前不懂的道理，战友们也说我开始成熟了。

夜已经很深了，月光似静静的流水悄悄淹没了远处的群山、近处的树林，淹没了远处的哨所、近处的楼房，还有沾满露珠的小草。月下的一切仿佛带着朦胧的睡意。夜是这样寂静，没一点儿声音。喃，沸腾了一天的军营，此时早已进入甜甜的梦乡。

我背着钢枪，带着刚从梦乡走来的一丝困意，踏着军人特有的坚定步伐，走向上哨那条曲曲弯弯的小路。此时，一切意念都像梦一样轻柔，柔和的月光多像母亲慈祥的目光。

走在上哨的小路上，只有“沙沙”的脚步声。夜是静静的，小路蜿蜒着伸向远方……

我来自九连山区忠信公社的一个偏远山村。小时候，家境贫困，生活很清苦。父亲是位老实本分的农民，常年在田里耕作。母亲是个勤劳俭朴的农家妇女，大字不识，为了我们兄妹能上学读书，成天忙碌着，用平时省吃俭用节省下来的钱供我们读书。贫穷的生活让我懂事很早，从小就养成了吃苦耐劳、刻苦向上的精神。十七岁那年，我怀着对绿色军营的向往，在瓮潭水库工地入伍了。当我回到父母身边，把这个消息告诉他们时，父母满意地点了点头：“孩子，你长大了。”临走的时候，母亲嘱咐我说：“到了外面，不要老惦念着家里，要多为国家做些事情。”从那以后，我便成了一名军人，也开始了艰苦的军旅生活。

走在上哨的小路上，只有“沙沙”的脚步声。夜是静静的，小路缓缓地伸向远方了……

那天，从射击场回来的我沮丧极了。新兵第一次射击训练，我觉得糟透了，自动步枪射击成绩是个“鸡蛋”，让班长狠狠训了一顿。就在那天，我的一位至亲被害了。这位至亲是我人生的榜样，她为尽孝不惜牺牲了自己的青春、追求和爱情，为了我又不惜付出了生命的代价。她的遭遇让我一时失去了生活的方向和斗志。更为受挫的是，我听说自己文化考核不及格——我入伍时只有初中文化。接连而来的沉重打击，几乎使我丧失了继续生活、学习的信心和勇气，我那做将军的理想也开始动摇了。此时，母亲的话语又在耳边回响：要多为国家做些事情。是啊，我为自己考虑得太多了。部队的优良传统教育就此开始，十七勇士、狼牙山五壮士等先烈的英雄事迹深深地震撼了我，听着他们的英雄事迹，我仿佛置身于枪林弹雨中，一个个前赴后继的勇士们仿佛就在我眼前。为了中华人民共和国的成立，许多年轻战士带着对美好生活的向往和追求，在炮火中倒下了。他们还很年轻，也许仅仅十八岁，这是多么美妙的年华呀！十八岁是走在上学路上的年龄，是坐在明亮教室里学习的年龄，可他们却穿行在深深的密林里，爬行在草地雪山里，用十八岁的生命促成了中华人民共和国的成立……

同他们相比，我在这里经受的一点点挫折又能算得了什么？有什么理由辜负祖国和母亲的期望呢？啊，“要多为国家做些事情”，我又一次想起了母亲的叮嘱。

走在上哨的小路上，只有沙沙的脚步声。夜是静静的，小路弯弯地伸向远方……

母亲的话鼓舞着我，英雄部队的勇士激励着我，“我要像他们那样！”我在心底呼唤自己。于是，我变成了生活的强者。军事训练，我走在前头，别人练五次，我练十次、十五次；别人休息，我仍然不停地练。手磨破了，坚持；脚抽筋了，坚持；腰酸了，坚持。为了成功，就要付出代价。文化课学习，我不甘落后，把华罗庚统筹方法、硬骨头六连训练法运用到训练中，从根本上克服困难。当别人进入梦乡，我仍在灯下一次又一次地演算习题。于是，我成功了，军事训练几乎门门优秀，文化课学习每科均达八十分以上。我还加入了中国共产党，受到了奖励，得到了三等功的褒奖。但我没有骄傲，我想起慈祥的母亲，想起建设中的祖国。我觉得我做得太少了，今后的道路还很漫长，我应像春草献身大地那样，献身于我们的祖国。为了祖国的和平、安宁、昌盛，无论将来我走入南疆，还是踏上硝烟弥漫的战场，我都将义无反顾地奉献自己的一切，包括生命，以报答祖国母亲的恩泽……

走在上哨的小路上，我脚步坚定地向远方迈去，前面就是我的哨所，前边有我的战友。带着军人所特有的深沉和坚定，我向前大步走去。

啊，月下的夜是这样的寂静！

点　名

那是1978年7月的事情，当时我的职务是连队七班的班长。我心里有数，这个班长也没几天当头了，调令已到，不久我便要离开连队，到团司令部当保密员。一天，我突然接到一位在当地安家的老首长托人捎来的信。信中说他们家刚从住了七年的水浸街搬进新盖的楼房，邀我和另外两个同志去他家坐坐，庆祝乔迁之喜。掐指一算，日期就在明天。

请假是个大问题。我们从中午开始等排长和连值班领导，直到第二天早晨，也没找到连队的干部。连队干部从昨天上午到今天中午一直在开战备工作会议。车不等人，脑子一热，豁出去出走一次。

傍晚，我们从几十里外的县城回到连队，连长告诉我，王团长带领机关工作组来营里蹲点，到连队来过了。后来又听其他干部说，团长发火了，在全营排以上干部会上点了我们三个人的名，批评我们私自外出，要严肃处理。酒劲拱动，大脑皮层麻热难忍，想想当兵几年，还没受过这般窝囊气，反正要滚蛋了，非跟你理论理论不可。但转念一想，要是把团长惹火了，把我的提干撤了怎么办？

入夜，月暗星隐，天气闷热，怕是要下雨。黑暗中成群结队的长嘴蚊子被阻隔在纱帐之外，不间断地发出“嗡嗡”声。我翻来覆去睡不着，快要变成“锅贴”了。

“还没睡啊？”同房的“张副官”开腔了。他是我的副班长，广西恭城人，也是这次行动的“同犯”。我调升后，他接班长职务的事已报营部批准了，只等待正式宣布的命令。

我心烦地回了句：“睡了！”

他笑了笑，尽管没出声，可我感觉他在笑。“中医说气大伤身，算了。噢，忘了对你讲了，晚饭后连长找我去谈了谈，着实挨了几大板，开头我不服，旁征博引地为咱们的行为辩解，你知道我的数学根底，辩证法也略懂一点，什么否定之否定了……你猜连长咋说？别的你们都在理，我要求的只有一条：你们是在没有得到上级首长许可的情况下，擅离岗位的！现在请假找不到人便省去一道手续，打起仗来怎么办？”

仿佛被什么东西碰撞了一下，“咚咚”的心跳声盖过了“嗡嗡”的蚊吟。

我仍旧保持沉默。

“有个事不知你是怎么想的？”他太了解我了，知道这会儿该对我说什么，“二排的张新伙今年几次借口去医院看病，却私自回家，我们连队没能及时处理。战士们都说我们连队手软，过于迁就我们。单是手软吗？还是连队根本存心袒护我们。”

我的心又一次遭到碰撞，到底撞出了心音。我们谈了很久……

第二天，我主持召开班务会，会上做了自我批评，接着又向连队和团工作组面呈了我的书面检查。到此，事情似乎可以了结了。然而，每当想到我的战士，听他们轻轻叫我一声“班长”，我的内心便泛起一种说不出来的滋味，总觉得欠他们点什么。灵魂在搏斗，伟大与渺小，高尚与自私，光明与黑暗，新生与腐朽。最终，我战胜自己，决定最后行使一次职权，对全班做最后一次晚点。

晚点开始。

记得是在宿舍前，排长黎振寿站在一旁监督我们。场内没有一点杂音，战士们晓得我要走了，伸长了脖子听我做告别演说，眼睛里透出留恋的目光。我激动异常，也格外紧张。记不清我站在班、排里讲了多少次话，但从未像今晚这样。

“同志们！”好容易撬开了嘴巴，“你们经常说班务会是班长骂人会，别紧张，以前都是我批评你们，今天是批评我自己，并请大家来批评我。”随后，我毫无遗漏地陈述了自己的错误，末了语气沉缓地说：“作为一名多年的优秀班长、共产党员，我总是教育大家要严格遵守纪律，大道理也是成双配套的，什么纪律是社会生活中无形的交通警了，纪律出战斗力了。我没有资格要求你们，但希望大家能吸取我的教训，给你们这个不争气的老班长争口气……”战士们与我近在咫尺，一张张面孔多熟悉呀：端着脸盆到连部炒花生米的徐华、老兵曾金山、“小秀才”邓文玉、上下一般粗的郭玉山……我顿时眼眶发热，无论如何说不下去了。点名结束，战士们散去，我站在门口，每个战士走近我身边时都投来友爱、信任的目光，都亲切地道一声“班长好”。

我长长地吁了一口气。仰望夜空，月朗星稀，远处的青蛙在唱歌。忽然吹来一阵小凉风，轻轻地抚摸着我的脸颊，麻酥酥的，心里畅快极了。

归　队

这天是1978年11月21日，也是副连长郑广基新婚第六天。昨天早晨，他收到部队发来的两封加急电报，拆开一看，上面都写着：火速归队。再细看两份电报的时间，仅相差一分钟。

结婚要过个蜜月，可他连“蜜周”也过不上了。他当即打点行装，告别了恋恋不舍，但理解支持他的妻子，踏上归队的旅途。

普宁县汽车站到了，出站已是晚上八点多，天早已黑了。通往部队驻地的班车，每天只在早晨发一趟。他来到站前旅馆，打算住一宿，明天早晨再坐班车返回部队。

“同志，给登记一下。”

“好的，好的。”

服务员一边询问他的姓名，一边登记着：“这是出差吗？”

“不是，探亲刚回来……”

"您是军人？"

郑广基回答着，他掏出钱包，那两封电报也被带了出来。"火速归队"四个字蓦地跳入他的脑海，还有那趟班车经常因"闹病"而停发，万一明天……

"同志，一共是三块五毛整。"

"师傅，我不住了……"

"什么？您要嫌……我给您调个单间。"

"实在是打扰了，我要归队。"

"哎哟！六十多里路呢，这冷飕飕的……"

"谢谢！"

没等服务员说完，郑广基已经走了。冬天日暖夜寒，恰逢冬雨不停。他在昼夜门市部买了一只手电筒，便迎着寒风，踏着泥泞，大步流星地向着那条直通部队驻地的山路走去。

"听首长说，部队可能要上前线……也可能是部队搞步、炮、坦协同演习，探亲前就有这种消息……也许是……总之，一定是有特殊任务，否则部队绝不会同时发两封加急电报的……"他走着想着，想着走着，归心似箭。仗着自己年轻力壮，竟连走带跑起来。过了一会儿，他浑身发热，脸上还淌下了汗，他索性将皮帽耳也卷了起来。

远处有一片灯光，一阵军号声随风飘来。近了，越来越近了，军营的轮廓尽收眼底。"嘟——嘟——嘟——"一阵响亮的号音过后，顿时楼房内所有灯光都熄灭了。他抬腕看表，正好是晚上九点半。这是英歌山驻地兄弟部队的营房，他的同乡战友小杨就在这里六连当指导员。"不妨进去……算了吧，人家都已就寝了。一半路程已过，照这个速度走下去，一点多钟……上回走到连队，也不怎么觉得累……"他自言自语，脚不停地走着……

那是去年夏天，郑广基探亲归队，也是晚上八点多到望月山，住了一宿。待第二天早晨买票时，才知道班车"病"了，要"休息"数日。假期已到尾声，军纪严明，不容耽误。怎么办？他略微思索，便抬起脚直奔正西公路而去。大南山区的夏天，清风徐徐，凉爽舒适，公路上喇叭响、骡马叫、人欢笑……挺热闹。他不知不觉地走到了连队。

然而，这次却不同。寒冬腊月，又是夜间行走，加上一整天的旅途疲劳，他的步子渐渐小了，速度也慢了下来。他想起了新婚的妻子……

公路上空荡荡，静悄悄，夜更深了。西北风“嗷嗷”地吼着，四野里黑魆魆的，唯有一束手电筒的光向西晃着，像一只萤火虫在闪耀、跳动。

“这是哪个村子？”他将手电照向路旁的汽车站牌，上面斑斑驳驳的两个字“大坝”。“只剩下十五里路了。”

“萤火虫”继续向西移动。

山区的天，小孩的脸，说变就变。霎时，风夹着雨，狂舞着，怪叫着。

狂风袭脸，大雨缠身，寒流刺骨。他三步前进，两步后退，迎着风雨，艰难地向西走。

“多亏经常来这一带训练，熟悉地形，不然准得迷路，被冻成一根大‘冰棍’不可。”郑广基这样想着。

暴风雨愈刮愈猛，他只好侧着身子向西走。

艰难地走几步，扭头探探路，似乎在进行踏步训练。郑广基心想：“先找个背风的地方……不行，真要坐下，就起不来了。”

“萤火虫”移动得更缓慢了。

风似乎小了，雨好像也不那么急了。他转过身来，用手电左右照着，看到了路两旁的房子。“新手……这是新手！再有两三百米就是大门哨岗，哈哈……终于走回来了。”他一阵欣喜，想赶紧跑几步，可是腿已麻木，脚掌疼痛，心有余而力不足。他咬着牙暗下决心：“一定要坚持到大门哨岗。”

他蹒跚着，踉跄着，摇摇欲坠地向西走着、挪着、移着……

“站住！口令！”哨兵发现了他，迅速将扛在肩上的冲锋枪端在手里。

“我……我……”暴风在狂舞着、怪叫着，哨兵只听到一个微弱的“我”字，接着就是“扑通”一声闷响。

哨兵端枪缓步向前，猛地打开手电：“什么人？快说话！”光柱里，几米远的泥地上坐着一个泥陶似的人，正“呼哧呼哧”地喘着粗气。

“你是……啊！副连长……”哨兵惊呼一声，扑了过去。

这会儿，郑广基的眉毛、睫毛、胡子及雨衣边沿都是泥浆，难怪哨兵一时竟认不出他来。哨兵看了看手表，凌晨四点一刻。

六点整，楼内响起了一阵紧急集合的哨音。几分钟后，战士们便全副武装地站在楼前。

“向右看——齐！稍息，立正！”郑广基迅速整好队伍，跑步到一位首长面前，“喀”地两脚跟并拢，举手敬礼。

“团长同志，一营机枪连集合完毕，应到××人，实到××人，携带手枪×支，冲锋枪××支，重机枪××支，其他装备器材全部带齐。请指示，代理连长郑广基。”

老标兵

团长从九连训练场回来，一进办公室，陈参谋就给他送来杯开水，说："上午一连打完靶，郑副连长向我打了个'口头报告'，要求把一排排长从教导队调回来。"团长问了声："理由？"

陈参谋道："理由摆了两条。第一，连队施工刚回来，训练基础差，特别是班用轻机枪射击成绩不好，而师里很快要来检查了，因此需要一名骨干来抓抓训练。第二，教导队学习即将结束，提前几天将一排排长抽回，对教导队的工作和他本人的学习，都没多大影响。"

团长听罢，眉头微微抖动了一下。一连的情况，他是清楚的。四个月前，郑副连长刚调来，连队就到黄石岭施工了。他来的时间不长，对连队情况不大摸底。最近，指导员进入师里办的学习班，连长又刚调走，遇上班用轻机枪这个训练中的难点，是会给他带来一定程度的困难。

团长喝了几口开水，对陈参谋说："我到一连去。"

话音刚落，人已出了办公室。陈参谋追出去问：“到一连蹲点，按计划不是后天才去吗？”

团长说：“郑副连长很焦急哩，还是提前去的好。你到九连去一趟，把我那个小红本子拿来。”

一连训练场地黄土包上，站着个大高个儿，“嘟嘟”地吹着哨子，大手一挥，亮着粗嗓门大喊：“大家先休息一下，擦擦汗，喝喝水，待会儿再苦练一阵子，把落下的成绩突击提上去。”说完，他将袖子一卷，正准备趴在滚烫的地上操枪，一抬头，见团长来了，便迎上前去。

团长拉着他满是汗渍的双手，笑眯眯地说：“郑副连长，你也不能搞‘特殊’，也该休息一下。”说着，把他拉到榕树的浓荫下，摘下肩上的水壶递给他。郑副连长一仰脖子，“咕噜咕噜”喝了几口，抹抹嘴巴，正要向团长汇报连里的训练情况，一眨眼，团长已经走下山坡，到班里去了。

战士们三五人一伙，边休息边议论上午打靶的事。团长盘着腿坐在草地上，拿个小本子，边听边记。

二机班长说：“上午射击打不好，主要是因为击发时枪身跳动。我联想起开汽车的事，一紧急刹车，汽车就往上跳。这两种现象，是不是原理有某些相似的地方呢？”

另一个战士不解地说：“打机枪和开汽车怎么能联系在一起？”

“看起来是两码事，我觉得似乎可以联系在一起想想。”

……

团长那张黝黑的国字脸上绽开了笑容，他轻轻点着头说：“可以研究嘛。”正待说下去，郑副连长瞧瞧表，起身吹响哨子，战士们又趴在地上操枪了。

团长也随即站起来，说：“郑副连长，抽几个人试打一下。”

郑副连长有点茫然：“上午已经试打过了，问题就那些，陈参谋没向您汇报？”

团长摇摇头：“光听汇报还不行，再和大家一起摸摸，心里才踏实哩。”

郑副连长心里直嘀咕：“既然陈参谋已经汇报过，团长已经知道问题了，我报告的另一件事也不会落下，可他怎么压根儿不提呢？”他忍不住问道：“团长，调一排排长回来的事，您看行不行？”

团长端详了对方一阵子，反问道：“一排排长回来后，你打算怎样使用他？”

“当军事顾问。让他集中精力和时间，手把手地教会大家，突破这一技术难关。团长，您看行不行？”

团长没有正面回答，只是问：“击发时枪射跳动的原因，有没有发动大家找一找？”

“你一言，我一语的，大家都自动在找哩。”

“要把大家组织起来，才能总结出东西来。”

“水平都差不多，也说不出个什么道理。”郑副连长轻轻叹了口气，“现在要是有一两个像一排排长那样的‘专家’，这点技术问题也许早就解决了。”

“射击打不好，仅仅是缺乏一两名技术骨干的原因吗？”团长反问，“刚才二机班长他们的议论，你也听到了，大伙儿对连里训练这么关心，我们为什么不把群众的积极性调动起来，去攻克技术上的难关呢？‘专家’就在群众之中，可别睁眼看不见哪！”

郑副连长若有所思地点点头：“啊，‘专家’就在群众之中，要把群众的积极性调动起来。”

按照团长的指示，郑副连长组织训练人员用班用轻机枪试打了一次。结果，仍然是个刚挂边的“及格”。成绩最差劲的数新战士张天送，十三发才打了四十五环。郑副连长眉头上的黑疙瘩结得更紧了。

团长伏在靶台旁，注意观察每个战士的射击动作，看着看着，二机班长刚才说的话又在他耳边响起。他在九连检查射击的情况，以及战士们对这些问题的议论也一齐在脑海中涌了出来，像许多小光点汇聚起来一样，他感到心里豁然亮堂了。等战士们试射完毕，他就拿起铁锹，从地上铲起两块泥土，中间挖了个浅槽，将枪托放在浅槽里。他想了想，又从树上劈下两根笔直坚硬的树枝，削弄一番，紧插在枪托的两侧，然后在枪托的后边靠上一块泥砖。他对张天送说：“你趴在地上瞄准靶子，手不要操枪，蹲在机枪的右边，轻轻扣动扳机。”

张天送按照团长讲的要领射击，打了个十三发九十八环。

“哈！不简单，超过优秀了！”

队列里发出一阵“啧啧”的称赞声，大家聚精会神地注视着射手的动作，琢磨经验和要领。

“二机班长，你也来试打一下。”团长喊道。

“嗒嗒……”枪口喷出一串红色的火焰。对面山坡上传来洪亮的报靶声：“告诉大家一个好消息，十三发一百二十一环！”

队列里爆发出一阵热烈的掌声和欢笑声。

张天送乐得直蹦跶：“团长，这种架枪的办法有什么学问？射击时，子弹像长了眼睛，直往靶子上钻！”

郑副连长眉头上的黑疙瘩被一双笑眼拉开了：“团长，快把这里面的道理跟我们讲讲吧！”

说完，郑副连长让大家围坐成半圆形，鼓掌欢迎团长“传经”。

团长右手向下一压，掌声停了下来，只有张天送还嫌不够劲，一个人又拍了几声。

团长看了看郑副连长，笑着说：“那好，现在大家来总结一下吧！这个经验是大家积累的，要靠大家来总结。我先向大家提个问题，谁来回答一下，射击时枪身为什么会跳动？”

张天送尖声尖气道：“报告！我说。从二机班长说的开汽车的事中，我悟出一点道理来。汽车紧急刹车后，进不能进，退不能退，车子就会猛烈跳动……”

二机班长怕他说不明白，插进来讲：“打机枪可能也是这个道理，刚才我俩打完，发现枪身平稳，缺口、准星和靶子还在一条直线上。这说明，射击时，枪身是前后正直运动的。过去没打好，主要是由于没有根据枪身运动的规律掌握操枪的要领，引起枪身跳动，破坏了瞄准基线。”

团长高兴地对郑副连长说：“看，经验就在群众之中，他们不是说得很好吗？”

郑副连长喜得眉毛直往上翘：“团长，您一来，大家真解渴。”

团长用手指点着他，半嗔半笑地说：“你这个人，本末倒置，还是去谢谢那些无名英雄吧。”

郑副连长一下转不过弯来：“无名英雄，谁？”

“谁？群众呗！”团长将“群众”二字说得特别响亮，“前段时间，九连在射击时，也遇到了班用轻机枪跳动的问题，连里领导发动大家献计献策，研究出‘固定枪无人操作法’。他们设想做个木头坦克模型，射击时，将枪托放入这模型坦克上的一个浅槽里，这和刚才张天送与二机班长打靶时，将枪托放在泥砖浅槽里的道理一样。这样，既能避免因操枪不当而破坏瞄准基线，又能看清射击时枪身运动的规律，帮助我们掌握新的操枪要领，提高射击精度。图样画好后，我和战士们一起讨论了几次，都觉得制作坦克模型太复杂了，为了让同志们易学易懂，得找个更加简单方便的办法。这个办法，正好在你们连找到了。”

“我们连？”郑副连长愕然地睁大了眼睛。

团长指着靶台上那个“神秘装置”，兴致勃勃地说：“是的，就在你们连！听了二机班长关于机枪和汽车的讨论，观察了同志们试射时的毛病，我联想到汽车制动的原理，琢磨了一阵子，就用这简单的方法代替了它。”

二机班长听了团长一番话，好像忽然想到什么，对郑副连长说：“今年年初，你还没有调来咱们连时，一排排长就在团长的指点下搞土装置试验，还手把手地带出两个‘徒弟’。”

郑副连长一怔，忙问：“谁？”

“就是一机班长和三机班长嘛！”张天送搭腔。

二机班长又说：“排长本来计划他俩再带出四个‘徒弟’，来个滚雪球，越滚越大。”

郑副连长兴奋地道：“那好呀！”

张天送说：“好什么！你来了以后，不是说别自己瞎捣鼓，叫怎么练就怎么练，后来就滚不下去了。”

听到这里，郑副连长心里像坠了块铅，“咯噔”一下沉了下去：“哎，这都怪我，坏了大事。”他懊悔地敲了敲自己的脑袋。

团长又高兴又激动，眼里迸出光彩：“副连长同志，你我都是带兵的人。要带好兵，就要有一条正确的路线，在工作中，任何时候都不要忘了群众。官教兵，兵教官，兵教兵，这是毛主席为我军制定的一条群众练兵路线，是我军几十年来的光荣传统啊！我们要刻苦攻读马列和毛主席著作，坚持唯物史观，做执行毛主席革命路线的带头人。”

团长见郑副连长思想开了窍，话锋一转，趁热打铁道：“你那‘口头报告’……”

郑副连长脸一红：“作废！”

团长欢欣地说：“我就知道你会这样做的。”

郑副连长说：“下了课，我给一排排长去个电话，要他在教导队好好学习，别惦记连里的事。”

这时陈参谋背着背包，大步流星地跑来，他将一个红色封面的小本子递给团长。团长十分珍爱地抚摸了一下，郑重地将其交给郑副连长：“这个，先借你用几天。”

郑副连长接过本子翻看了一阵，喜得直咂嘴。原来小本子上密密麻麻写满各步兵连班用轻机枪射击的体会，以及团长对这些体会的分析和评价。

团长风趣地说：“你可不能光看人家的，还要有自己的贡献。”

郑副连长觉得团长话中有话，问道：“贡献？”

“对，就是把你们连怎样发动群众，攻克班用轻机枪难点的体会，一二三四总结一下写上去嘛。”

郑副连长激动地说：“这……团长，太解渴了。谢谢团长！”

团长摆了摆手：“谢我干啥？我这是‘取之于民，用之于民’哩。”

郑副连长发现陈参谋背了个黄色背包，欢喜地道：“陈参谋，又来我们连蹲点了？”

陈参谋努努嘴：“你呀，乱扔手榴弹，这是团长的。本来按计划，团长后天才来你们连。下午他从九连回来，我把你那‘口头报告’的事一说，团长就提前来了。”

郑副连长道：“团长，您住哪个班？”

团长伸出两个指头：“老‘三同户’——二班。”说完，他又向战士们笑道，“当年我就是一连的机枪手，你们把我当客人可不行啊！”

华田洋里气象新

在祖国的南海岸边，有一个军垦生产基地——华田洋（化名）。华田洋基地的第一线，有几十万亩良田。时令正当六月半，那稻田，在月光下一片银，在日照下一片金，真正喜煞人。初步估产：稍差的八百挂零；中等的九百有谱；冒尖的地片，亩产千斤在望。为这片土地操过心、流过汗的人们，这时内心的喜悦真是难以形容。

时间一进入六月半，无论黑天白日，那稻海里总蹲着很多人，有基地生产办公室的领导干部和科技人员，有各部队的指挥员，还有战士，他们饱含深情地看着那经过指战员汗水浇灌起来的稻穗。人们像对睡熟的娃娃一样，手里摸着，脸上笑着，心头爱着，用充满希望的轻声细语念叨着：“‘七日低头七日黄’，再有十来天就可以开镰了。”

就在“再有十来天就可以开镰”的紧要关头，突然从地区气象台传来台风警报：本年度第二号强台风将正面袭击我地区，台风中心附近风力可达十二级。

强台风是一种严重的灾害性天气。十二级就要倒房拔树，十级风力也能毁田破屋。其实，哪怕只是八九级风，咱眼下说的生产基地的三万多亩丰产田，那些基本成熟、只等十来天就开镰的稻谷，至少有一半以上要被风抛向空中，卷进海洋。也就是说，即使只有八九级风力，也有两千多万斤粮食被吞掉。十二级风正面登陆，那就全毁了。

在台风到来前，生产基地仍如往常一样，迎接战斗的一天。这会儿，我们借着晨光从滚滚稻浪望过去：海堤中央，一座小红砖房前立着一根高杆，上面设置了风向计和风速计，下面有两个安装在一米多高木架上的白色百叶箱。不用多说，这是基地的小小气象观测站。现在在这个设备简陋的小气象观测站里工作的，只有两名战士。一个是入伍两年多一点，不满二十岁的小吴，算是个老兵；另一个是入伍一年多一点，十九岁的小张。

最先听到强台风警报的是小吴，时间是早晨五点钟。小吴一边收听地区气象台的预报，一边准确地记录着。清清凉凉，甚至有点冷的晨风，从南海海面吹进工作室，可是耳机却是湿漉漉的——他惊出了一脸汗！手中的笔像是烧红的钢针，又烫手又刺人。他记录下的每个字，都在纸上翻滚、轰鸣……

小吴把他记录的警报内容匆匆查对一遍，心情沉重地用红笔把一句话重重勾画起来：第二号强台风将在本地区登陆，中心附近风力十二级。

小吴半分钟也不敢耽搁，急忙叫醒小张，他告诉小张，立刻与兄弟部队、地区气象台，以及县、公社的气象站联系。说完自己拔腿就往外跑。他知道，现在部队虽然还没起床，可是一年到头起早贪黑的黄主任，一定照老习惯在办公室旁边的实验田蹲着哩。

小吴跑去请示的这位黄主任，实际职务是基地生产办公室副主任。他年龄比同级干部稍大，最先来到生产基地，是基地生产办公室这一摊子的创办人。

果然，黄主任正蹲在地里观察实验田。听到背后急促的脚步声，他转过脸来，看到手拿天气预报表的小吴匆忙跑来，心里就已明白了八九分。他一面伸手接过预报表，一面对小吴说：“沉着点。”

在小吴“呼哧呼哧”的喘气声中，黄主任一字一句把预报表细看了一遍。然后又习惯性地看了看灰暗的天空，略微想了一下，他对小吴吩咐道：“赶快和兄弟单位交换一下情况，迅速做出补充预报。”黄主任讲一句，小吴答一声“是”，可黄主任说完，他还是没走，似乎还期待着什么。黄主任明白小吴的意思，又补充说：“当然，遇到这种灾害性天气，困难是很多的，甚至损失也是难免的。可是在物质条件允许的范围内，咱们要尽最大的努力，跟这无牙老虎斗一斗、争一争！”

黄主任也不敢耽搁，虽然几分钟后地区广播电台就要广播了，但是哪怕提前一分钟也好，他要立即向师部汇报。

在电话中，他向师部值班首长邢副师长汇报了“强台风警报”的内容。汇报完，两人在电话线两端沉默了好久。他俩都是经验丰富的干部，对于十二级强台风会给眼前即将收割的三万多亩稻田带来多么严重的打击，他们都十分清楚。

年龄比黄主任小四岁的邢副师长，用一贯尊重黄主任的语气问：“黄主任，如果抢收呢？”

黄主任回答道：“提前十来天开镰，就算抢得过来，少说也要损失两成。再加上‘抢’和正常收割不一样，还得再加一成损失。”

邢副师长那边又问：“如果按原计划开镰，而风力达到八至十级，估计要损失多少？”

黄主任说：“至少五六成要扔掉。”

邢副师长最后又问：“黄主任，现在你有什么想法？”

黄主任回答道：“部队可以做抢收的准备，真到了万不得已的时候，咱们也只好‘抢’。我已经告诉气象站了，尽快做出本地气象的补充预报。补充预报做出以后，基地党委开个会，然后立刻向首长汇报，再决定行动。现在是五点二十八分，七点半以前我们做出方案，汇报师党委。”

邢副师长听清了最后一个字，手里还握着话筒，就回头告诉警卫员：“请师首长到会议室。”

一刻钟之内，四位师首长先后从家里来到党委会议室。邢副师长向与会的领导讲了黄主任的想法。会议估计了几种情况，设想了几种方案。六点钟一过，邢副师长就到隔壁去打电话请示军首长。这时，师司令部、政治部、后勤部的领导干部已被请到会议室。军首长下了指示：师部各机关和各团，两小时内做好抢收前的一切准备工作，等候命令，开镰抢收。

于是，全师人马紧张动员起来了。

邢副师长回到会议室，传达了军首长的指示：如果确定必须抢收，军里可以抽调兵力来支援基地。要我们做好和兄弟部队的协同指挥、吃饭休息的处置。

这是个果断、大胆的设想。这么多的兵力，同时摆到第一线上，三天内抢收完毕，简直不亚于一场战役。

这次行动，只等一声令下；而这一声令下，只等基地生产办公室制定出抢收方案；而是否制定抢收方案，又要看本地气象补充预报的情况如何。

现在回过头来再说黄主任。

黄主任向邢副师长汇报之后，放下电话，马上喊通信员去请一位副政委和一位副主任，自己的两只脚不知不觉又往气象站走去。此时此刻，他心中十分清楚：那平衡千斤担的秤砣，就是一份尽可能准确、周密，而又合乎科学的气象补充报告。

他听见气象站的小屋里有人正扯开喉咙和县气象站喊电话，那是小张。小吴正站在室外观测场上，仰着头观测风向和风速。黄主任走到小吴背后，小吴仍站在那里一动不动，许久才长吁一口气，微微摇摇头。当小吴准备向另一个百叶箱走去时，一转身才发现黄主任。他知道黄主任是来给他力量的。

小吴手举着观测记录簿，用坚定的目光迎接黄主任关切的注视，爽爽朗朗地说："黄主任，您去开会吧，我们一定完成任务。"

黄主任凑前一步答道："我是既放心又有点不放心。小吴，经过学习教育，我们都有些提高，你的革命精神很强，这点我放心。但是要想做好任何一件革命工作，不仅要有革命精神，还要有科学态度、科学方法，是吧？杨子荣有这么一句唱词'任凭风云多变幻，革命的智慧能胜天。'风云多变，这是客观存在的，不承认不行，可革命的智慧，就是革命的精神加科学的态度。这两方面都具备了，就'能胜天'。不要小瞧这十几个字，它意思全且深。"

小吴没有讲话，他只是岔开双腿稳稳地站着，集中精力听着，头不住点着，心里牢牢记着。随着黄主任的一字一句，仿佛无形中肩上担负着千斤重担。

小吴目送黄主任离开后，继续观测气温与湿度。他把观测结果一一记录下来，关好观测场小门后，走进房子。小张还在涨红着脸打电话，他已经喊了半小时了。小吴听了听他联络的单位，知道还有一个站，且让他继续联络吧。小吴转身登上瞭望台的房顶，现在他必须分出点时间观测一下云状、云速、能见度……

他习惯地先面向正南站好，从东南，慢慢移动目光，向南，看遍整个南方，然后向西南，再向——用气象员的话说——“西南西”，这一线是几十里的海堤。这大堤是用成吨重的石方堆砌起来，然后又用水泥结合而成的。它保护着基地第一线三万多亩丰产田，也保护着后面六万多亩公社土地和两个公社十几万人口的生命财产。

这会儿，从大堤向南望去，海天还分不清界线，海上有雾气。雾气不重，像曼妙的轻纱，像淡淡的炊烟，被初升的太阳一照射，薄雾里泛动着节日焰火般的霞光。下面是永不停息的海水。现在海面上推滚着鱼鳞般的微波小浪，浪一起，朝东那面就闪跳着点点金光，片片红鳞。这一切，在小吴的脑子里只说明一件事：海面平静，没有异常现象。

小吴决定再进行一次物象观测，又跑到室外观测场。他看了看专为观测而喂养的小乌龟，它还没起床，睡得很安稳。小乌龟周围是昨晚小吴铺撒的细沙土，一点爬过的痕迹也没有，证明小乌龟一直没动过。再看看蜂窝，里边有蜂，出入秩序很好，采花粉回来的工蜂钻进去很久才出来，证明窝里不气闷。抬头看看天，云状已经完全可以看清楚了，只有少量像长发似的毛卷云。

经过一系列观测之后，小吴的心猛地一跳：“这可能吗？”他自言自语自问，“难道是真的？完全不像……”

这时，小张的电话也打完了。小吴坐了下来，现在他们要把自己的观测和兄弟站的资料综合一下。他们综合、分析、整理工作的结果，如果删去那些非常具体的细节和各种技术性术语，可以简单概括成如下几条要点：

第一，本地气压变化微小，平稳且微波式地稍有下降。

第二，最高温度与最低温度的温差正常。

第三，湿度正常，从早晨五时雾气渐散后稍有下降。

第四，南风一级左右，和本旬风力、风向比较，无异常变化。

第五，少量毛卷云，预示着晴天。

第六，动物不烦躁，很安静。

小结：本基地范围内，没有台风将登陆的明显迹象。

写到这，两个年轻人都傻眼了，你看看我，我看看你，像是在互相询问："这可能吗？难道设备比我们完善的地区气象台搞错了？"

看看表，已到六点。他们打开收音机，省人民广播电台正好在广播。气象预报的内容："强台风警报！今年第二号强台风，正向西北方向移动。预计台风中心将在二十四小时前后进入我国南海海面，并在本省东部沿海登陆。受台风影响，东部沿海风力将有十级左右，中心附近风力有十二级，伴有暴雨和大暴雨。望有关部门密切注意收听当地气象台站的广播，做好防风抗灾工作……"

在小吴与小张的耳朵里，这每一句话都像是带着风来的，呼呼作响，山摇地动，震耳欲聋。

许久，小张说："这样看，是我们错了。"

小吴沉思不语。

小张像自语又像对小吴说："咱们快点按照地区台、省台的预报行动吧。省台是五十分发布的气象预报，也是最新资料。咱们正处于预报中所讲的登陆地点——本省的东部啊！"

小吴仍旧不答。

小张为了说服小吴，又补充说："省中心气象台有比较现代化的设备，我们应该完全相信人家的预报。"

是的，在小吴面前明摆着一条简便易行的选择，那就是按照设备比自己完善得多的省台和地区台的预报，再具体化一点，做一份补充报告就万事大吉。这样一来，台风登陆，自己是正确的；台风不在基地登陆，也有上级气象台的预报可作为依据。但是年轻的共产党员小吴，不甘心、不愿意这样干，他不想为了逃避责任而让国家受到损失。现在，事情已经迫在眉睫！两千多万斤战备粮，由于工作的特殊关系，不相称地压在他这入伍两年多的青年战士身上，催促着他拿出自己的答案来。他必须挺身而出，正面迎接大自然的挑战，必须在科学实验中拿出大无畏的勇气来。

小吴开始和小张商量，他说："小张，我回想了这两年的情况。过去两年中，在我们基地正面有五次台风登陆，无论十级、十二级，还是十二级以上，台风前的征候没有一次和今天相同。谁都知道，台风来临前天气闷热，云量很快增多，并且飞快移动，偏北风逐渐加强。可今天一切现象完全与此不同！如果说出现一条两条不符合的情况，可能是偶然，但为什么条条都不符合呢？综合分析，这是偶然的吗？"

小张说："可咱也只有两年的经验啊。"

小吴说："谚语讲'风向偏北台风来，风向偏南台风埋。'这可是本地农民和老盐工多年的经验哪。'北风吹过午，台风跟屁股'，这不也是多年经验积累下来的吗？还有'龟仔龟仔翻跟斗，三天之内台风吼'，可现在小乌龟连动都懒得动。"

小张仰起红扑扑的圆脸，眨着黑白分明的大眼睛问："那你说，省台和地区台都错了？"

小吴几次站起又坐下，显然在尽最大的努力控制自己内心的激动和不安。他比小张高一头，但是没有小张清秀，他长得有些粗犷，眉头重，眼神里比小张多了几分深沉、刚毅和坚定。此刻这双眼睛正瞪着他们的"气象钟"：小座钟无情地一秒又一秒向灾难来临的时间进军。轻轻的钟摆声像闷雷一样撞击着小吴的心头，敲打着他的前胸，激荡着全身血流。他终于说："不能说省台和地区台错了！"

小张说："那就是我们这里出现了反常现象，假象欺骗了我们。"

小吴肯定地答："也不能这么说。"

小张又问："那为什么省台、地区台和我们的观测完全不一致呢？"

小吴老实地回答："这个问题我现在回答不了。"

小张终于提出了两个人都必须正面答复的实际问题："怎么上报？按省台和地区台的结论报？还是根据我们观测的结果报？"

小吴用征求意见的语气反问小张："你的意见呢？"

小张想了想，仿佛下定决心似的说："既然不能只按省台和地区台上报，也不能按咱小小地段观测的结果报，那就把省台、地区台和我们的观测一块上报吧！”

小吴仍旧用商量的语气说：“我看这样不行，这样不好。首先，从实际出发，省台和地区台的警报通过广播，各级领导都已经听见了；其次，咱俩一不开拖拉机，二不管水，这气象观测就是咱们的分工，在这方面我们要有明确意见，特别是在这个关键时刻。”

小吴的话很实际，他的负责精神令小张有点脸红。小张想了一会儿又说：“我也是为了给领导当好参谋，请上级把省台、地区台和我们的资料摆到一块儿，全面衡量，再做决定。”

小吴这个年轻人襟怀坦白，有啥说啥，肚子里藏不住话。刚才小张的第一句话，主张两份材料同时上报，他觉得一件事各有主张，不足为怪，但他不认同小张的第二句话。于是他郑重地说：“小张，你这样讲就错了。怎样才能给领导当好参谋？那就是每个战斗岗位的同志都应当像杨子荣那样，拿出主意来。今天，我们面前的问题，就是要为两千万斤战备粮担风险！为什么明明知道有风险还要担？道理很简单，一个战士冲锋，谁也不能在事先给他打保票说，冲吧，你连皮也不会碰破。”他用汗渍的大手下死力按着那份气象补充报告，又说：“现在马上要我们下决心，是把它当‘资料’上报，还是作为补充预报的初步结论上报？怎么报？”

小吴越说越激动，越说声音越高，说到最后一句时，黄主任一步跨进门，问道：“什么‘怎么报’？”

其实黄主任对眼前的气象情况早有察觉，但他不动声色，走近桌前，镇定地注视着小吴和小张。

小吴用手指指桌上说：“这……”

黄主任明知道那是补充报告，却故意问：“什么？”

小吴被黄主任冷静的态度感染了，定了定神说：“是补充预报。”

“怎么报？是资料，还是结论？”黄主任总是在节骨眼上考验年轻人，用严峻的目光直视你的眼睛，催促着你勇敢地面对现实，不许回避，这真是锻炼人啊！

小吴又看了看小张，然后响亮地回答：“不是资料，是基地气象观测初步结论。”

黄主任又问小张：“你也同意吗？”

小张答道："现在，我同意……"

黄主任脸上露出笑容，说："哎，这我就该看了。"

两个小青年四只闪着青春光泽的眼睛，目不转睛地盯着黄主任的脸。

黄主任越看越皱眉。

小张的信心动摇了。他心想：坏了！气象这一行对黄主任来说虽然不是专业，可他对基地气象是摸透了的，可算是个内行，看来这报告是错报了假象。

小吴却心知是刚才他们太激动了，字写得太潦草了。于是他说："我来念吧。"

黄主任说："你们这俩中学生，那字儿都在打猴拳啊！"

谁也没心思笑，听小吴一字一句很用心地念了一遍。

黄主任深思了一会儿，他在心里把报告上所写的内容与自己的观察互相对照。然后，他很快站起身来，像劈刀一样举手向下一挥，说了声："行！这个报告，我收了。"

按常规，小气象站对基地生产办公室负责，小吴和小张的工作，在做出"基地范围内没有台风登陆的任何明显迹象"的结论之后，就算完成任务了。小张已经开始反省并检讨，他说："这次对我教育很深。考验出我的觉悟不高，革命精神不强，我一定好好向小吴学习。"

小吴好像没听见，他在深思，他的思路又往前推了一步。为了推波助澜，黄主任问小吴："为什么说是'初步结论'？"

小吴回答："我想，这次情况不同，师首长一定也在为当前的情况操心。"

"何止师首长，"黄主任接过话头说，"军首长已经下令让兄弟部队几个团停止操课了。"

小吴吃惊地说："啊！这我们还不知道，这关系太重大了。所以，虽然黄主任收了报告，可我心里还不踏实。"

小张紧张地说："就是，到底是省台和地区台错了，还是我们……"

"先不谈这个，结论最终会有的。"黄主任打断了小张的话，说，"反正要坚持唯物论，从客观实际出发。辩证法咱深了说不透，可是一切事物都不是死的，而是不一致的、有区别的、可以变化的，这一点也要认定。小吴你讲，怎么个不踏实？”

小吴答：“责任这么重大，我请示黄主任，让我到外边跑跑，再做一份更确定的补充预报——台风影响到底能达到多少级。这，就是我要的踏实。”

黄主任连连点头，说：“对，对。台风即使不在基地正面登陆，但是影响难免。影响到什么程度，在党委会上我们必须回答这个问题，好让师首长下决心。你准备到哪儿去？”

小吴答：“向我的小教员小田，以及老师傅黄大伯请教去。”

黄主任点了点头说：“你去吧。小田那姑娘有些经验，心又细；黄大伯当过四十年盐工，本地区沿海七个县他都干过活。我再给你推荐一个人——公社庄书记。别看他只有三十七八岁，他可在海上待过十来年，觉悟高，有经验。”

正说话时，外面高音喇叭响了，六点半例行广播。首先是“新闻和报纸摘要”，最后一项是“强台风警报”。

小张看了看黄主任。黄主任明白小张的眼光在说：听，中央人民广播电台也广播了。黄主任瞅瞅静听广播的小吴，问：“听清了？”

“听清了。”小吴回答。

黄主任说：“不是说听清我的话没有，我是说……”

“两边我都听清了。”小吴用力地回答。

黄主任一步也不松地追问：“怎么办？”

小吴说：“你刚才不是讲了吗，‘任凭风云多变幻，革命的智慧能胜天’。我走了。”

“好啊，就是要有这种精神。”从不大声讲话的黄主任也兴奋地提高了声音，“你现在还有1小时时间。拿上几个馒头，骑上我的车，快去！”

公社办公室离基地办公室有十来里路远。细心的黄主任在小吴飞身上车以后，又打电话给公社庄书记，请他和黄大伯帮助小吴。庄书记满口答应，说他马上去找黄大伯，并且说他也正要请教解放军对当前气象的看法，公社正准备抢收。打完电话，黄主任通知召集生产科和各团、营技术员及技术顾问开会。这些技术顾问都是聘请本地农民兼任的，黄主任要跟他们研究、验证小吴的初步结论。

再说小吴骑着黄主任的自行车，两耳生风，一会儿就把基地的军垦田甩在身后，剩下的路程全是公社的高产田。这个公社是有名的老千斤社，实际上他们现在在争取单季跨千斤。

当小吴轻轻推开公社气象站虚掩的房门时，小田正双手托腮，面对桌子上的报告表愣神儿。那姑娘听到脚步声，起身热情地欢迎小吴的到来。

小吴开门见山地问："小田同志，补充预报做好了吗？"

小田答："做是做好了……我还正感到为难呢。"

小吴问："还没上报给公社吗？"

"没有，"小田答，"咱们赶快交换一下意见吧。"

小吴忙将自己的补充预报内容对小田说了一遍，然后说："你是我的小教员，请指正。"

小田回答说："今天还不知道谁指正谁呢。"时间紧，她也忙将自己的观测所得讲述了一遍。

两人所得的初步结论大致相同：本地气象没有异常现象。

沉默了一会儿，还是小吴先开口，问："那为什么不上报呢？"

"万一……"小田不无顾虑地说，"万一气候突然变化怎么办？我们这里是六万多亩的高产田，几万男女老少的口粮和战备粮啊！"

小吴说："你想得很周到。我也想过'万一'的问题。但是一方面，本地所有气象资料表明，没有台风登陆的征候；另一方面就是在不违背科学的情况下，敢担几分风险的问题。"

小田问："有把握吗？比如说，台风影响不会达到八级风力吗？"

小吴说："能不能达到八级，现在还不能下断言，科学根据还不够，所以来找你。"

小田苦笑了一下："我比你还没把握。"

小吴有礼貌地问："请教过黄大伯了吗？"

"黄大伯病着呢。"

"那咱们去请教庄书记吧，他也是老渔民出身。"

小田惊奇地问："谁说他当过渔民？"

"我们黄主任，说庄书记讨过十来年的海哩。"

“你们黄主任真是……好像谁的心他都摸过，这事连我都不知道。”

“你那时还小嘛。”

“你大！”小田“砰”的一声把门关好，俩人上了路。

他们在公社办公室门前迎头碰上了庄书记和黄大伯。小吴也搞不清为什么这两个人好像特意等着他们，而且一见面，庄书记就张开他那大骨节的双手说：“欢迎解放军来传经，小吴同志屋里坐吧。有什么结果给我们看看吧。”

公社办公室的大地桌上，不知为啥摆着一个装得满满的麻布袋，旁边是沏好的凤凰茶，像是专门等客人上门的样子。

小吴面对黄大伯、庄书记这样性格豪爽的人，心里非常痛快，因此三言两语，直接讲了自己的来意：“我心里没底，向黄大伯和庄书记讨主意来了。”

黄大伯的眼睛始终笑眯眯地看着小吴，看到年轻人身体好、脑子灵，对革命事业又上心，他满脸皱纹都在笑。

庄书记回答道：“咱们大家一块儿动脑筋吧，好在有黄大伯坐镇。”他又问小田，“你这是正式的预报吗？”

小田说：“那可不行，我还没打定主意。”

庄书记问小吴：“你的报告给黄主任看了没有？”

小吴答：“已经向他报告了。”

庄书记看看小田，又看看黄大伯。黄大伯对庄书记点点头说：“黄主任收了报告，你就收。黄主任是个心思缜密的人。”

小吴说：“报告我是报上去了，可是大伯，按您的经验来看，对吗？”

黄大伯说：“我给你们做个试验。”说着他伸手将桌上的麻布袋打开，里面装着满满一袋子细盐。细盐一下子冲出来，撒了半桌子。

黄大伯说：“我跟它打了四十年交道。现在它很干爽，说明你那个报告，行。”

小吴和小田都去抓盐，湿度确实不高。

“你们再摸摸麻袋。”黄大伯说，“还有，我五天前不听劝告去讨了次小海，本来风湿病犯了，可今天我又精神了。哈哈，风雨瞒不过我这把老骨头。”

庄书记说："黄大伯的眼睛能看破天，黄大伯的身子骨还要压倒气象站啊！"

"不能那样讲，政府发的科学仪器咱们还得依靠。"黄大伯说着又故意生气道，"你这个书记呀还说嘴，你那卫生院调的药酒，把我这骨架子越治越不灵了。现在是小风小雨它不报了，大风大雨才报告。"

庄书记笑着说："我又要说嘴了，两年后，我包您大风大雨也不报告。"他转脸对小田说，"你的报告我主动收下，我跟咱解放军一个想法。"

这反把小吴吓了一跳，他连忙说："可是……公社是六万亩啊！"

庄书记说："对，咱们军民加在一起十万多亩。产量一亿斤吧，只多不少。"

小吴沉思了一下，进一步请教，问："黄大伯、庄书记，你们对台风影响怎么估计？就算它不在咱们这里正面登陆，对咱们会有影响吗？影响有多大呢？会超过七级吗？"

大家的目光全都集中在黄大伯身上。老人说了声"走"，四个人便跟着他走出办公室。

他们来到打谷场上。这里豁亮，可以瞭望四面八方。这时逆风听到公社北部的广播大喇叭，正播到新闻节目的最后一项内容："强台风警报……地区登陆……风力十级以上，伴有暴雨和大暴雨……注意收听各地气象台站的……"

每一个字仍然非常有力量，紧锣密鼓地敲打着人们的心。

但是黄大伯仍然在用心察看天色，他像老渔民那样举起赤裸的胳膊试风，张着鼻孔呼吸，像在闻味。他和庄书记指点风云，用小吴半懂不懂的本地话交换看法。然后，老人回头对小吴说："依我俩看，最多'珍珠矮'掉粒，'铁骨矮'不怕。"

小吴惊喜地说："那就是不超过七级喽！"

黄大伯说："你们分级，我讲实情。"

小吴还是老老实实请教道："黄大伯、庄书记，我还有个问题摸不透，为什么我们的观测跟中央台、省台、地区台的预报区别这样大呢？"

"这个问题问得好！"黄大伯满心欢喜地说，"不过我不回答你，你回去对你们黄主任讲，就说黄大伯说了，叫他把本市、本地区的地图摊开，用心看看，仔细想想，叫他回答你。你们黄主任那个人呀，我们信得过。”

在回去的路上，小吴听见自己的自行车一直在响，那响声像是在说：“一亿斤，一亿斤，一亿斤……”这声音一方面与他的心声应合，另一方面说明黄主任的宝贝车太老了。

小吴的第二份“基地气象补充预报”准时上交给黄主任。内容用一句话就能说清楚：在这次强台风影响下，基地范围内的持续风力不超过七级。

黄主任揣着第二份“基地气象补充预报”看了看，再对照自己调查的结果，果然不差。他心里更踏实了，便骑上他的唱着“一亿斤、一亿斤”的自行车，向师部奔去。

师党委的常委扩大会议八点准时开始。黄主任将凌晨五点接到的地区气象站的气象通报，以及从接到报告到开会前三个钟头内的一系列情况：两次基地党委会、两份气象补充预报等一系列准备工作一一做了汇报。

与会的领导把千头万绪的问题推到主要矛盾的中心点上，那就是必须找出足够的科学根据，证明基地范围内气象的特殊性，证明它与全省、全地区气象情况不一致是合理的，以便上报军首长。

为了说清这个关键性问题，黄主任请师首长们来到作战值班室。他指着墙上的地图说：“黄大伯也叫我回答这个问题，这个问题我也是逐步明白的。我来说说看，大家听听对不对。其实，也没啥秘密，并不是省台、地区台错了，大家都对。从这张地区图上可以看出：地区下辖十一个县，其中沿海一字摆开七个县。咱基地在七个县的最东头，就是东南又偏东。大堤向海的面积只有二十里‘正面’。台风如果从正东或东南登陆，咱就是在正面；如果从东南向西扫，咱就只受影响，而且小小二十里面积可能只受它的边缘影响。但是，就算它从正南登陆，不直接影响我们，可沿海七个县仍然有三四个县处于正面或受严重影响。对于这种情况，地区台和省台是报对了，中央台面向全国就不必说了。其实就是在中央的警报中，每次也都讲道‘注意收听当地气象台站……’不过因为我们的‘站’太小，不引人注意。黄大伯在这七个县的沿海熬了四十年盐，他心里有地图，实践出真知，因此我提议——不抢收！”

这个论据有理、有力，师首长听取了黄主任精准的发言之后，很快做出决议：根据本地的具体情况决定，不抢收。个别早熟品种与实验田可以按计划动手收割，全面收割行动按原计划进行。

这个决议内容，于八点半报告给军首长。军首长批准：同意不抢收。

黄主任现在的心情怎么样呢？

一个具有高度革命责任心的指挥员，每当他们把能想到的事都安排就绪，甚至十分妥帖之后，他们还是会日夜苦思："还有什么没准备好？"有时真是达到呕心沥血的程度，茶饭无味，一夜不知惊醒多少次。因为任何一个疏忽大意，特别是比较重要的疏漏，都会让人民付出沉重的代价。

黄主任，现在就处在这么种状态里。

做出"不抢收"决定的第一天，正巧碰上星期日。虽然风平浪静，广播预报也说台风登陆的时间向后推迟了，但是没有一个战士请假上街。战士们守在营房里，干部们守在电话机与收音机旁。

第二天，黄主任在田里绕了一上午，下午走上海堤。这天，大堤外的海滩上显得空空荡荡、冷冷清清的。往日这时候，海滩上热闹得很，拦鱼的、打蚝的、抓蟹的、笼虾的，忙碌极了，可今天他们都没有来。

"人们都在家里攥着镰刀看风情呢。"黄主任心想，"人民群众知道粮食的重要性，并不是仅仅为自己的温饱。"黄主任每每想到这些，都很感动。于是他加把劲往回走，在小田埂上迎头遇上了邢副师长。

两个人握了握手。上午他们还开过碰头会，为什么又郑重地握手？两人也说不明白，只是互相看看对方熬红的双眼，用力一握。

费心血，熬夜，百般思虑，开会检查，黄主任就这样度过了两天两夜。但是中央台、省台和地区台，每天仍旧在播放台风警报。

第三天下午，风力逐渐加大，天空云量显著增加。小吴的气象报告上说：风力四级，仍有逐步加大的趋势。气压明显下降，温度增高，动物开始走动。一切都说明，台风的影响快要波及这里。

下午三点，二区台广播：十级以上的台风，于今天下半夜在我地区正南方向登陆，随后向西北移动。

夜里，基地各单位的办公室灯光耀眼，通宵达旦。但只有守电话的值班员待在室内，大家一整夜都守在田间。后半夜气温骤降，风力加大到五级以上。

天亮前，六级台风持续的时间越来越长。小吴不断接到小田打来的电话，说她那里的线路接不通地区气象台，显然情况紧张了。小吴打了三次电话，才和地区气象台接通。得到的情况是正如省台和地区台的预报一样，台风中心于午夜两点后在本地区的正南面登陆，台风正面袭击了三四个县的辖区。解放军的生产基地虽然不是正面，但风力仍会比现在加大一些。

狂风推动着大片大片乌云向西北方翻滚而去——出现阵风七级，东方也亮出鱼肚白。

小吴向小张交代了几句，立即把新情况报告给黄主任。他跑到办公室，黄主任不在。他跑向实验田，那儿已收割完了。他又向大田跑去。

这时，邢副师长和黄主任正坐在排水干渠的堤上。他们眼窝深陷，衣服都湿了，但心情特别好，有说有笑。他们抽着香烟，紧一句慢一句说着舒心畅意的闲话。

小吴跑了过来。他见邢副师长和黄主任谈得正热火，就愣愣地站在那儿，只挤出一句话："黄主任，阵风七级……"

"知道了，过去了。"黄主任一挥手，像劈刀那样一挥手，"到极点了，它马上走向反面，辩证法嘛。"

"可……'珍珠矮'掉粒了。"小吴有点惋惜地说。

黄主任笑了笑说："哦，凡属种'珍珠矮'的地块，都派人去抢收了。抢收嘛，当然可能有点损失，但那只是零头，这叫部分的不保存。你算算，牺牲点零头，保存了全局。一个星期之后再开镰，比三天前收割至少要多收两三成啊！"

……

这场危机过去之后，还有几件事要简单交代一下。

黄大伯给小吴用特制的口袋装来一袋盐，作为观测使用，也算是他发给小吴的奖品。

小吴立了三等功。在评功会过后，黄主任提议和他一起学习《矛盾论》。小吴向黄主任谈了自己的学习体会，谦虚的态度与革命激情，令黄主任赞许有加。他们携手登上瞭望台，举目远眺。稻浪滔滔，黄主任深情地自语道："成熟的稻穗是低着头的……"

稻穗，成熟了。按原定计划，八天后的黎明，从基地到公社的十万亩良田里，军号声、喇叭声、锣鼓声、人喊马嘶声、拖拉机和收割机的隆隆声，像疾风一样刮了起来。空气变热，大地颤抖。

人们战胜重重困难，等待已久的大丰收，开镰了！

黄主任卷起裤腿，迈着大步，手执镰刀割下第一把沉甸甸、粒饱穗长的稻谷。他抬头看了看望台上的小吴，小吴对他喊道："全——天——晴！"

又红又大的太阳，把它的光辉洒在稻海上，洒在军垦战士身上。上万把镰刀闪着月色般的万点银光。人们脚踏在热爱的土地上，一步一步向前，向前……

芳　邻

“爸爸，李婶家买了一台电视机。”小刚边吃饭边对我说。

我瞪了他一眼说 ：“哼，十二寸的黑白电视机有什么了不起！将来，我要买一台十八寸彩色的！”

儿子却固执地说：“爸爸，今晚我就要去看！”

我顿时无名火冒三丈，顺手拿起筷子朝他脑壳敲了一下。

小刚眼睛里噙着泪花，倔强地走了。偌大的房间里只剩下我一人，心里顿感烦闷。

对面传来杂沓的人声：“李哥，这门楼内，你是第一个买电视的呢！”

“哈哈，有空请来看。”是李明的声音。

“李婶，给你添麻烦了。”

“哎呀，请都请不到呢。”

……

我越听越气，便躺在床上抽闷烟。

倏地，烟圈成了幻影——

半年前的一天傍晚，我去收衣服，不小心把晾在同一根竹竿上的另外几件衣服碰落在地上，就在我弯腰俯拾的刹那，李婶叫嚷起来：“哎呀，我的衣服……这可是今晚要换的呀。”

“我替你重新洗。”

“洗，随即会干吗？我今晚要换衣去看戏哩。说得轻松！”

……

李婶竟骂起人来，李明出来助阵，我爱人也出来呐喊，行将演变成男女混合双打的千钧一发之际，不知哪位“观众”叫来了居民组长。从此，“芳邻”变“仇人”。

随着时间推移，怨气虽然在逐渐消淡，可一直没有言归于好。

我又烦闷地点上一支烟，顺手拿起一本杂志。

“喝茶吧，小刚。”“小刚，吃葵瓜子呀。”李明和李婶的声音传进房来。

“免用，免用。”唉，竟是那不争气儿子的声音。

“啪”一声，杂志滑落地面，我恼怒地在房间里来回踱步……

壁钟没敲过十下，房门“砰”地被推开了。我箭步上前，抓住儿子的衣领，想好好教训他。

“爸爸，别生气，李明叔和李婶向你问好呢。”小刚边挣脱边说。

“哼，六月割菜——假有心。”我嘴上虽然这样说，攥住衣领的手却不由自主地松开了。

机灵的小刚趁势挣脱开来，跑到自己的卧室门口，倚着房门说：“信不信由你，人家可是真有心，他们还请我吃东西呢。”

“馋嘴鬼，不要脸！”

“李明叔他们还托我捎话呢。他们说，过去怨他们心胸太狭窄，为一点点小事，实在不值得……他们说请你原谅，不要计较过去，明晚请你看电视。”

骤然，一股暖流涌上心头，泪水竟溢出了眼眶。我心里蓦然升腾起一种想法：明天晚上，我要带上一包凤凰茶……

一个被钝性谋杀的人

到所里报到的当天晚上，我正在拾掇着行李，突然门外传来一阵手风琴声。琴声很粗犷生硬，单调得有点像小猪的号叫。我循声找去，来到宿舍东头一间房子前，只见一个年纪四十开外的瘦高个男子，扬着头在拉手风琴。他的头发长而乱，五官虽然端正，但面容憔悴，眼睛充满血丝，呆滞发怵。他身上穿的衬衣和长裤也显得很脏。

“哎！张叔又喝醉了。”“快来看，张叔又唱歌了！”一群小孩子围着他，拍手叫嚷着。

他真的张开嘴巴唱起来，边走边拉边唱，干燥的嘴里露出蜡黄的牙齿。“春归红楼吔吔吔……”他的头摇摆着，模样非常滑稽。小家伙们大胆地走到他身边。

“叭——”他突然猛一拉，手风琴发出一声尖利的声响，小家伙们吓得掉头就跑。

“这人真怪。”我纳闷地往回走，碰到一个熟人，便问他，“那个拉手风琴的是谁？”

“他呀？叫张扬，市里出名的人物，我们所里的怪人。”他撒下一串神秘的笑声走了。

第二天晚饭后，好奇心促使我去拜访张扬。张扬指着一张折椅，示意我坐下，然后从桌上拿起一包过滤嘴“牡丹”，抽出一支递到我面前。我说不会抽烟，他也不再谦让，缩手将烟塞进自己嘴里，点燃后贪婪地吸起来。半晌，他才冷冷地问：“刚分配来的？”

“唔。”我回答。

他仰起脸一个劲地抽烟，我便转眼四下里看看。房里陈设简单，一张单人床，一张写字台，两把折椅，一个柜子，柜上堆放着一摞摞书籍，桌上放着一架半新不旧的手风琴，桌脚边横七竖八放着十几个空酒瓶和脏衣物。

我有口无心地问：“你家属在哪里工作？”

他一听，嘴角立即一阵阵抽动起来，拿烟的手一动不动地停滞在胸前，双眼失神地望着窗外。

我没有听到回答，便讪讪地起身告辞了。

不久，我随本所的老王在湖边散步时，突然想起了张扬，便问老王：“张扬这人为什么那样怪？”

老王一听，便走远了，独自向湖心走去，脸向着湖面，呆呆地站着。他那灰白稀疏的头发被晚风吹得飞来舞去，活像石柱上长着一丛猫毛草。

我很诧异，便也跟过去。老王示意我坐在石块上，好一会儿才说：“张扬刚参加工作的那几年，可不是现在这个样子。他很活泼，下班时爱拉琴、唱歌，还是文学爱好者，干工作也是生龙活虎，常常受领导表扬。”

“记得十七年前，他交了个女朋友，是市十三中学的教师，姓赖。有一对大眼睛，扑闪扑闪的，很漂亮。他们谈得很火热。”他点了一支香烟，边谈边抽着。

“几个月后的一天早上，我刚到办公室，见先到的几个同事聚在一起嘻嘻哈哈地议论着什么，样子很开心。一个同事对我说，‘老王，爆炸性新闻，听说了吗？’‘什么新闻？’我莫名其妙地问。‘张扬的笑话呀！’‘笑话？’‘嗨！昨天晚上，他到学校会他的女友，坐到十点多钟，就开始动手动脚。女的发火了，闹得鸡飞狗跳。真亏他做得出来！’‘真不是好东西！’我一听立即火冒三丈，不由分说地评价道：

‘简直是道德败坏！’下班后，我义愤填膺地将张扬的‘丑闻’讲给几个邻居听。第二天，我却听到另一个比较详细的版本。原来张扬的女朋友最近与一个青年医生谈上了，张扬很生气，那晚去找她理论。到十点多钟，俩人突然大吵大闹起来。张扬骂女的是搞三角恋爱的老手、是肤浅的女人；女的骂张扬是流氓、野兽，指控他要强行非礼。外人不知实情，轻易便相信那女人的指控，纷纷指责张扬的不是。我自己也不深入了解，就跟随大多数人的立场说张扬的坏话。以后，我每碰到一个熟人，闲谈起来都忍不住地将这事当笑料讲给对方听。也许其他人都同我一样吧。过了没多久，几乎全所都在议论张扬的笑话。这个笑话再次传到我耳朵时，已经变成一篇有头有尾、有人物有情节、有评判有谴责的传奇作品了。有人一听我是研究所的，就问‘你们所的张扬怎么样啊，怎么能那样粗暴呢？简直像个流氓！’唉，你可以想象，张扬的声誉会受到多大的损害。”

我默默地听着，不愿打断他的话。他突然将才抽了一半的香烟掐灭，又说下去：“可是张扬自己一点也不知道人们对他的谴责和非议。他是个书呆子，很有才干，他还信心十足地说，一定要找个比姓赖的姑娘更理想的伴侣。可是找来找去，三四年过去了也没有找到新对象。到了1969年秋天，他才找到一个不错的女朋友，是个技术员，省城人。可是有一天晚上，他俩在公园里谈恋爱，谈得火热，到夜深了也没回家。这时来了一队巡夜的工人纠察队，把他俩抓走了。”

“抓走了，为什么？”我奇怪地问。

“唉，说他们是流氓、骗子。第二天，纠察队才打电话叫我们所派人去把张扬保出来。”

“我们对这件事充满了莫大的兴趣。尤其是我，一碰到熟人就非常开心地讲给他们听，还把张扬几年前那次谈恋爱的事也连附上去，得出的结论是‘唉，这个人，品质和作风真成问题。’我相信所里许多人也像我一样，到处传播张扬的‘特号新闻’。有一次他骑单车摔伤了，我们就议论说他是边踩单车边看街上的姑娘看呆了，才摔倒的。同事之间，时而传说张扬跟这个姑娘恋爱了，时而又传说他跟那个姑娘谈上了。谁知道是真是假，不过我们都是津津有味地传来传去，仿佛都是自己亲眼见到的铁一样的事实。不久，那个技术员也不愿同张扬再谈下去了。唉，这不难理解，我们议论张扬那些似是而非的事，那些有损他的声誉的话，怎能不传到她耳朵里去呢？她听了，还敢同他恋爱下去吗？唉，人言可畏啊！”

“唉！”我禁不住也深深地叹了口气。

“不久后，张扬整天精神恍惚，上班呆呆地坐在那儿，没有一丝儿笑容，图书室和排球场见不到他的身影，手风琴声也从他宿舍里消失了。”

“所里头也有好心的同志关心他，经常到他宿舍找他谈谈心，开导他，甚至许诺要帮他找个好对象。也许他对几位同志寄托了很大的希望吧，他的情绪安定下来，也经常上他们家里聊天，还不时到其他同志家里坐坐。然而一段时间后，那几位好心的同志对张扬就变得开始回避。张扬感到很奇怪，他不知道，这几位好心的同志已经尽了很大的努力，各自暗地里帮他介绍了几个姑娘。没想到，那些姑娘认识张扬的一听名字脸色就沉了下来；不认识的一打听，连面都不愿见。后来，张扬也明白了个中缘由，他自己也不好意思再去那几个同志家里了，看到他们也尽量躲开。”

“所里那些没有结婚的姑娘也真怪，她们对张扬就像对瘟疫一样躲避着。有一次，我看到阅览室里一个姑娘在看书，张扬进去查资料，刚坐下，那姑娘立即起身走了。过一会儿，又有个姑娘想来看书，一踏进门，见张扬一个人坐在那里，立即抽身往回走。当时所里有个资料员已经二十七八了，我觉得她和张扬条件相当，便想做件好事。我对她说‘我给你们拉拉线怎么样？’你猜她怎么讲，她连连摇头说‘跟他，做人都要低三分。’唉，真是的。”

“上张扬宿舍的人越来越少了，大概是人们怕同他关系太密切了，难免要担起帮他介绍对象的重任吧。张扬大概也明白这点，他也处处注意，没要紧的事他绝不上同事家里。他的活动范围越来越小，可以谈谈心的人也越来越少。慢慢地他竟变得如蜗牛一样，下班就困在宿舍里，哪儿都不愿去。”

“有些人还照样盯着他个人生活中的一举一动，不时找出他的一点‘新闻’来解闷。他慢慢变了，有时整个晚上一个人坐在门口，一支烟接着一支烟抽。深夜十二点，他门口烟头的红光还一闪一闪的。酒也喝起来了，星期天喝得更多，常常一个人喝得醉醺醺的，喝醉了就发狂般的拉手风琴。他的脾气也暴躁起来，动不动就跟人吵架，对领导也经常顶撞，业务也逐渐丢了。他还多了句口头禅‘是这么回事了’。所长说他‘张扬，你这张图纸绘得太潦草了……’‘是这么回事了。’副所长问他，张扬，昨天要你绘的那张图搞得怎么样啊？’‘哦，忘记了。’‘这样不好，你的责任心要加强……’‘是这么回事了。’他总是摆出一副无所谓的样子。”

“随着他性格的变化和年龄的增加，找对象的希望也就越来越渺茫了，他也就变得更怪，给人们的印象更不好了。这简直成了恶性循环。终于，他变成了现在这个样子了！”老王住了嘴，深深地低下了头，一动不动地呆坐着。他用极其沉重的口气说：“他是一个不幸的人，一个被‘谋杀’的人。谋杀！你相信吗？钝性的谋杀！而我，也参与了这可怕又可悲的钝性谋杀！”

我愕然，不知所措地注视着老王。他把头转向西边。月亮已经下山了，湖面上渐渐朦胧起来，隐约只有几盏路灯映衬着远处高楼的灯光，在水面上叠叠影影，闪闪烁烁。

“一个青年人由于缺乏社会经验，在个人爱情或婚姻方面做出了一些蠢事，这本来不是什么值得大惊小怪的事。奇怪的是我们不去帮助他、引导他，而是怀着那么高的热情、那么大的兴趣，或幸灾乐祸地闲传，或捕风捉影地猜度，或不负责任地抨击，一个个俨然成为站在道德至高点上的社会法官。其实我们同张扬无冤无仇，我们那样做完全是出于喜欢在背后议论人，特别是喜欢闲传、非议别人个人生活的坏习惯。当我们轻轻松松地谈论着张扬的那些‘笑话’时，当我们以正人君子的姿态指责张扬的那些‘作风和品质问题’时，我们谁也没有想到那些话将会产生什么样的后果。可是今天看来，正是我们口中随随便便吐出来的那些话，把张扬给害了。在我们这个非常重视人的声誉的社会里，那些话，那些损害他人声誉的话，简直是置人于死地的利剑。”

我很惶惑，说：“你言重了吧？”

他沉痛地说：“一点也不过分。”他又掏出一支烟叼进嘴里，划了好几根火柴才点着，吸了一阵后才接着说下去：“上个月有人捕风捉影地谣传我的一件事，后来传到我爱人那儿，害得我们吵了一架，直到现在关系还很僵。唉，最近一段时间，我差点没呕出血来。”

“人家谣传你什么了？”我关切地问。

“这你就甭细问了，反正我问心无愧。那些纯属无端猜疑，捕风捉影。但这事却使我尝到流言蜚语的苦头，也狠狠地触动了我的心灵。那几天，我不由得想起以前自己在背后议论别人的种种话，想起张扬的遭遇，猛然间感到无地自容，良心受到严厉的谴责。我觉得自己犯了罪，一种丝毫不用担心法律制裁，然而却是实实在在的犯罪——钝性谋杀罪！”他不再说了，默默地抽着烟，烟头上的红光一闪一闪的。晚风吹拂过湖面，一丝丝波纹隐没于微光下，我的心也溅起了浪花，无名的浪花……

山里来的女兵

酷暑炎热的夏天，人们薄装素扮，我奔忙于市区，终于下决心买了一双皮鞋。说起买皮鞋，去年我就起了这个念头，但当时我丝毫没有穿皮鞋的欲望，只是想展现一下我们山里的客家人。早先在家乡，没有人不夸我的心性好。我家的阿山大伯就在我娘跟前说："兰子娘，这女子心性是藏福的，见老戏里一品夫人都是这样的。"

"唉。"娘总是习惯地抓着袖子擦擦泪滴，"啥藏福降祸的，只要不像我克夫妨子就得了。"如果这时我在身边，她会马上扭过脸，说："傻兰子，去菜园里摘餐菜去。"我便马上挎上篮子，低着头飞似的溜了。娘并不算个厉害人，只是害怕她深信不疑的命运，觉得自己命带克星，娃娃没大就守了寡。娘常对我说："傻兰子，鲁家就你这么个孩子，你要是有什么三长两短，我可就活不下去了。"因此娘硬是捧珠子一般把我拉扯到这么大。我们山里的女子从没有去当兵的，家人说当女兵是七仙姑赐的。

这次娘打听到山村里“派”女兵（老人习惯这样说，上学是“派学”，招工是“派工”），第二天，她一大早上大队部里为我报了个名。我去参加县里的高考，一回山里，娘就说，给我“派”兵了。我十八岁了，不知女子当的啥子兵，也就没当回事，继续等我的高考结果。娘的想法是：鲁庄脉不好，守在这里只有挨一辈子穷。现在高考又不知啥样子，所以指望我出去，将来能在外头混饭吃，就能挣脱这苦苗根了。我为了使娘称心，就到公社卫生院体检，五官、内科、外科、验血都很顺利。体检一天，来回四十里地往返，好像没事人。晚间，我想了很多。以往，我从来未见过女人当兵，只是听说过女军医、女电话兵什么的。不过我在电影里是见过女兵的，也曾向往过当个女兵，羡慕《木兰辞》中的花木兰，电影《战火中的青春》中的高山。这次来接兵的也是个女兵哩。这位女兵姐姐穿着军装，两面红旗一颗星，脚上还穿着黑亮亮的皮鞋，潇洒极了。我真想借女兵姐姐的军装和皮鞋穿穿，过一下瘾。这一宿我翻来覆去睡不着，蒙眬中，我梦见自己穿着刚发的军装跑到镜子前，镜子里映出一副清晰而熟悉的面容：军帽后面逸出两绺别致的辫梢，白里透红的圆脸上嵌着一双水汪汪的眸子，嘴唇一噘，腮旁便出现一对深深的酒窝。脚下是新发的皮鞋，黑得锃亮。瞧，该多美有多美。我不禁在镜子前说：“要是我娘知道，一定高兴得跳起来不可。”

这场梦真的把娘惊醒了，她翻身说：“傻兰子，娘知道啥子？”我不好意思地说了这梦境，娘往我身上掖掖被子，说：“你呀，贪新鲜，去当兵哩。”

没想到，我们山村百十号人，四位姐妹去体检，只有我争得了“光”，而且考上了地区的学校，可谓“双喜盈门”。这六月六下雪的稀奇事，轰动了整个鲁庄。我这样的女娃居然也中了“状元”，得了“光荣之家”的门牌。公社邮所的老郑亲自跑上山给我送通知书的时候，全村人谁也不敢相信有这号事，还是阿山大伯见得多，识几个字儿，他自己高声念起通知书来。两份通知书念了几遍之后，他转身进屋，从竹枕里取出十元钱交给老郑。老郑当干部，又是个共产党员，哪能收这没有来头的钱？阿山大伯却生塞硬送，说是“报子”进山不给红包，喜事也会败。他老人家净记得些老规矩。只见他乐得合不拢嘴，进里走外，两只手忙碌地张罗着，比过年还忙乎。娘听到这喜讯，却和阿山大伯的反应完全两样。“报子”进山时，她正给猪槽里舀料子，阿山大伯喜盈盈地寻着她喊道：“兰子娘，你那女子‘派’上了学校，又‘派’上了女兵，双喜哈！”说着把两张浅红的通知书一扬。娘看见“红柬”，晓得不假，脸“唰”一下变得煞白，怔住了，猪料子倒了一鞋面。多半会儿，她才“扑通”一把搂住我，号啕痛哭起来。娘哭够了，抓起袖子在脸上眼泪鼻涕揩了一下，说道：“傻兰子，你以为娘在哭哩，娘是笑，你阿爸也在为你笑，几辈子的福分都给你这傻兰子吞了。”娘说着说着笑了，但泪水像珍珠串似的一个劲儿地往下掉。这时，我成了山里人们议论的中心，有赞扬的、祝贺的，也有出主意、当参谋的。

“兰妹子真行，投考什么中什么，真有出息。”大婶们赞叹着投来羡慕的目光。

“兰妹子双喜临门了，可你怎么选，是上大学还是当兵？你得好好想一想，这可是一生的起点啊。”大嫂们说笑着，是祝贺，更是提醒。

“当兵是光荣，但人得讲点现实，放着大学不上去当兵，太浪费了。眼下可是讲学历、要文凭的时代。”有人替我权衡利弊得失。

“兰妹子学习潜质好，到学校深造一番，将来准能成为一名专家。”年轻人高声地发表自己的见解。

想不到，上大学、参军，这两桩美事肩并肩地来到我的面前。我脸上成天闪着微笑，走起路来连蹦带跳的。亲友们的议论使我从极度的喜悦中清醒过来，我这才发现：“呀，这两桩美事只能选择其一。”我有些不知所措，这可是决定今后的生活道路怎么走的大事，不是闹着玩的呀！

去当兵还是上学？自己也没有想过走哪条路，到护士学校去学习，我有基础；去当兵，我没底气。但体检时听女兵姐姐说，当兵可以为很多很多的人服务，到天上去坐飞机，到海里乘军艇，真够刺激的！我望着娘那蜡黄的脸，因流泪过多而刷出来的道道密密的皱纹越发深了，白发也钻满整个头，才四十出头的娘，还没咋活人就老了。我心一酸，一把搂住她那瘦弱的身子，哽咽道：“娘，我去当兵，在外头赚了钱，接你去享福。”娘蜡黄的脸泛起红润，生平头一次扬眉吐气地扫扫满院乡亲一眼，仿佛说：“谁还敢说我克夫妨子，你们哪家的娃有我兰子有出息！”

当兵的日子可不像山里，可以整日里穿着布鞋，我合计着要买双皮鞋。我被分在医院当护理兵，就在接我来当兵的护士长工作的那家医院。到医院后，我还未见过那位护士长，听人说她进京结婚了。这个野战医院离小街镇不远，同班的五位女兵都是来“见习”的新兵丫头。她们花销很大，涤纶、尼龙材质的衣裳每人有好几身，手上不仅戴着女士“梅花”表，还戴着条金链，打扮起来分外讲究，也格外多姿：胖人穿素的显个儿，脸窄的披散头发显富态，帮子到处是柳绿花红。据说星期天是女兵们的天下，夏天她们敢穿着裙子到处游玩；冬天更不用说了，皮手套、皮夹克、大皮鞋，应有尽有，物尽其用……连雪花膏都要中药、人参、珍珠粉混合的。咱山里来的哪敢这样？连发的军用裙子我都叠好放在枕下。我刚到医院就到镇上买了一盒百雀玲的香脂，自认为是高级货，心痛了半天，却引得她们当笑话传，不晓得有啥子好笑。离家时，娘为我连夜赶纳了一双布鞋，我来不及试就把它带来了，一路上我都没舍得穿。今儿个，好不容易盼来下班后的第一个星期天，这才舍得穿出来。我编了编鞋上的花朵结，拾掇出几本从家里带来的数理化书籍，拿着小板凳往房后那棵大木棉树走去。这时，碰上班长杨学，她手里端着一包包糖和点心。杨学说：“鲁兰，今天张英过生日，来庆贺庆贺。”说着，她一把拉住我往回拖。我从没见过年轻人过寿，跟着去了。一进门，只见桌上摆满糖、烟、点心（因为邀请了三位男兵，便买了香烟）。沿墙一溜儿摆着沙发椅子，窗玻璃上还贴着老大的“吉”字，屋子四周挂着鞭炮一样的红绿竹炮，闪闪眨眨，星星一般。满屋人又笑又唱。女的都穿上了红、黑、黄各式各样的高跟窄帮的皮鞋，花哨耀眼的裙子，打扮得比旋木雀儿还俏。原先我还当这般装束是电影里演戏穿的，想不到同班的女生真这样打扮。那三位“特邀”男士还像个普通一兵，个个穿着军装，解开风纪扣，挽起袖子，帽子挂在墙壁的钉扣上。我瞅好位子，挨着一位“特邀”坐下。不知谁阴阳作法事似的喊道：“欢迎贫下中农代表光临庆贺。”大家一齐鼓掌，哈哈大笑，臊得我把脸直往下埋，真想往沙发底里钻。亏得班长端过糖果盘，抓着苦不拉几的巧克力朝我嘴里塞，不停地和我交谈，这才没十分难堪。主人又“嗤嗤”地开起汽水来，白沫子冒出老高她们也不管，还特意用汽水代酒先递给我一大杯。我接过杯子，不知怎么办好，沫子淌了一手一鞋面。杨学催我快点喝，我先尝了一小口，那味儿又苦又冲，比汤药还难喝。但许多双眼睛瞅着我等笑话看，我只得转过身子，一手捏鼻子一口气干了。这才没人说啥。只是苦了我的肚子，“呃呃”地往上翻涌半天，差点吐了。好半天，打了个嗝还是苦辣辣的。接着，张英在她的十七周岁生日庆寿里谈感想，并暗示到我过生日时，要我好好庆贺。我从没听说山里年轻人要庆寿，更没有心思听她的讲话：进故宫、游长城，还有父母在北京如何如何……我想，照张英这逻辑，她准能捞个“官”。而我不知啥的，当兵第五天就交了入团申请，还毛遂自荐充当科文小教员。张英谈罢，大家鼓掌要她唱《泉水叮咚》，她也毫不扭捏，放开喉咙高声唱起来，但没唱几句就唱走调了，引得满堂大笑。我烦不得这噪笑声，提起书包向主人告辞。大家都有点愕然，但也没人拦阻，似乎我走了更好。还没出门，忽然有人叫道：“且停，鲁兰同志是咱们的小教员，你的数理化教得不错，但你的《红舞鞋》还没有教哩。这是根据安徒生童话改编的著名舞剧，请鲁兰同志慷慨献技。”人们的眼睛一齐朝我脚上投来，我那双布鞋突然像装满通红的火炭一般，灼得我生疼。“哈哈哈”的笑声揪我的心，扯我的皮，我那轻易不掉的泪簌簌流出来。

“卑鄙，无聊！”杨学怒喝道，命令“贺寿”到此结束，扭身把我拉出去，“砰”使劲关上了门。

我那双布鞋是娘在墨水瓶的煤油灯下一针针纳出来的，娘不懂什么叫“码”，底子也没有左右，可还有啥鞋比娘纳的鞋更舒适呢？不管跑啥路，一天行军百十里都不打脚泡。但我现在却决心把它收藏起来，买一双皮鞋穿。这件事，自然只有和班长商量，请她参谋，我寻了个没人处和她商计，没想到她却一口拒绝了。

阿山大伯说做工的人吃饭靠工资，山里种田的人吃饭靠政策，这话一点都不错。我收到娘的“代笔”信，说村里忽然一切都变了，鲁庄大人连吃了十几年回销粮，今年却家家都有余粮了。我家虽然没有壮劳力，但娘手巧心活，单靠做一摊子逢集卖点粉条，便填饱了肚子。她又在院里养了几头肥猪，那是娘从公社养猪场里换来的种猪，长得膘，每头都有两百多斤，一年单卖三头肥猪就得款一千多元。不久前，娘还给我寄来三十元钱。我是家里没“倒贴”的“穷”兵，生活全靠几块钱津贴，平时还得省下一点钱，过年过节时买点东西寄给娘。刚当兵的头三个月我给娘寄了二十元，为此我得红着脸向班里的同志借钱买肥皂。班里的同志对我都挺大方，齐声说：“我这儿有，尽管拿去用就是了。”

我收到汇款单，喜得眉梢都展平了，但心里未免又酸酸的。这么大个女儿家，没有给娘接济，倒要花娘的血汗钱。然而不管怎样，我那想穿皮鞋的心愿终于可以实现了。我故意把汇款单放在明显处，好让人人都瞅见。别看我们山里出来的人，现在也一样赚得了钱，一样月月二三十元地寄来了。班长见了，只是冷冷一笑，她毕竟年岁长，见识广，带着高干子女的派头。但她与其他几位同班姐妹不一样，她热情大方，这也许和她的职务有关。我这次跟她请假去镇里买皮鞋，她说：“鲁兰，你干脆买双便布鞋。”她还一个劲地推荐上海来的女式白底便布鞋，价位又好，中看耐用。我没听她的，心想：只要你准了假，我到镇里买高跟头、火箭式什么的都是我的自由。由于这次班长不愿给我当参谋，我只好独自上百货商店，好在我已经当了一年多的兵，上过几回镇街，眼光不至于像原先那么土气了。但我转了几家商店鞋摊，也没有寻到我最喜爱的那种奶糖色的女式皮鞋。我又往小巷里钻，来到新华书店门前，求知的欲望自然涌出来。我突然想起要买几本数理化方面的书籍，决定干脆先到书店里买了书，再找皮鞋。书店的阿姨向我推荐了一套十二册新到的全国高考复习题试解。我如获至宝，眼馋地一册册翻个够，饱了眼福还不够，最后掏出二十元买下了这套书。付完钱后，我高兴地提着一捆书往回返。途经车站时，碰上了接兵的护士长，听说她还是顶厉害的军医大学的毕业生咧。她名叫王小燕，刚度完蜜月回队。几个月未见，对我可热情了。我还来不及向她嘘寒问暖，她就一个劲地问我什么时候下的班，家里娘的身体怎个样……我被她问得愣住了，只是“嗯嗯”地点头。她还问我今天上镇里买什么来的，我说是专程来买皮鞋的。她指着一大捆纸包说：“这是啥子鞋？”我这才反应过来，皮鞋还没买着。护士长看我尴尬的样子，拉着我往百货商店走去，有护士长当参谋，我终于买到了奶糖色带丁字绊的女式皮鞋。护士长给我贴了几元几角几分我也未过问，反正皮鞋买到，价是没说的了。回到宿舍，班长看见我的新皮鞋，苦笑着摇摇头，学着我的山里话说：“拆了软皮换硬辕，还踩得！”

好不容易等到星期天，我那双“软皮的”布鞋这一天可以叫它休息了。别管它什么“硬辕”的皮鞋，我擦了又擦，穿在脚上真是蛮好看的。只是鞋瘦脚肥，路又不平，走起来不大受用。本来嘛，城里做皮鞋的人，哪知道我们山里人的脚从小就“自由”惯了，受不了这“管制”。不过穿过这第一回，第二回就会好了。去师里照相馆的路上，风尘仆仆，我每走十多步就提起脚瞅，用嘴吹吹鞋面，拍拍脚，生怕鞋面被尘“吃”了。到了师部照相馆，照相的女兵就我一个，我很顺利地排上了队。女照相师有四十六七岁，她见我一身打扮，就猜出我来意，特意叫我把脚翘起，“咔嚓”一声，给皮鞋照了张“亮相”镜头。不几天我取出来一瞧，不赖，蛮帅的。我兴冲冲地跑去邮局，给娘“报喜”了……

人过得舒坦，日子也飞起来了。转眼半个月过去了，我终于盼到了娘的“代笔”信和一包“角仔糖果”。娘来信告诉我，她请阿山大伯筹划了一下，要他帮忙买一台缝纫机，就待我回家学踩机子，不光自家穿衣打补不求人，还能增加收入。此外，还要买“凤凰”单车，等着给我招亲。信中娘还说自己穷了大半辈子，到老连一对皮鞋也未穿过。现在家里经济有富余，适当享受点也应该，她说想买双40码的皮鞋。为了给娘买皮鞋，我去找了班长，但班长说没听过40码的皮鞋。我又去找护士长，她说帮我看看城里会不会做出山里人需要的皮鞋来。我想“城乡结合”，还愁买不着吗？

自从买了皮鞋，我常常穿着它到木棉树下看书解试题。张英为了答题向我请教时，还常夸赞它一番。而配发的军用鞋子，我只是在操课时和集体活动时穿。三个月前，我们全班复习数理化，准备参加大学招生考试，我天天和皮鞋形影不离，穿了个够。考完试那天，我还合计着去镇上为娘买双皮鞋，不料就这样引起了风波。先是把同班的女战士乐得好像鸡婆下了金蛋，成天“咯咯”地叫。她们毫不客气地说：“鲁兰，你也‘资’起来了。”还有人讥讽我：“猪脑门挂花，衬不起来。”就连平日里复习时，拜我为“老师”的张英也做个鬼脸说：“思想被‘南风’吹洋了。”她把我复习三个月穿皮鞋的事当成一条变“资”的罪状。听了这些冷嘲热讽，我这人人夸赞的好德行也耐不住了，我生平第一次红着脸和大家顶撞起来。这帮子女兵自己能穿尼龙大花短裙、戴白凉帽，却看不得山里人穿皮鞋。咱山里人因为过去穷，一直穿不起，不比城里女娃好花钱。但如今咱山里人也富起来了，掏钱还不能买吗？怎么就惹出这么多闲话来！大家见我发脾气，一个个红着脸递递眼色不再吭气了。但一直靠在桌边的班长却“霍”地站起来，我以为她一定会帮我好好训训她们，没想到她却按着我的肩沉重地说：“鲁兰，你变了。以往班里的同志开玩笑挖苦你的时候，我总是批评她们，袒护你，因为她们取笑的是中国农民身上最高尚的品质——质朴。我今天再也不能袒护你了，因为你开始追求享乐，渐渐丢掉了传统。如果现在你还没有觉察到，那就太危险了！”班长这番严肃且意味深长的批评，别说我，把所有的女兵都惊得瞠目结舌。我真不敢相信自己的耳朵，平日既厚道又时髦的班长，今天怎的忽然变了另一个人？我不知怎样开口才好，委屈、难堪，比那次参加张英的“庆寿”还难忍受。而班长继续不饶人地说：“鲁兰，你忘本了，你晚上应该好好地反省自己。”班长竟说出这样的话来，我闷头就朝门外跑去。班长在班里是比较体谅我的人，可现在……我那倒霉的皮鞋，此时却像和我作对一样，“咯噔、咯噔”响彻走廊通道。

我一气之下跑到平日和班长拉家常的那棵木棉树下，一个人坐在树根上生闷气。班长的那番话，我咋也想不通。“忘本”这两个字我从小听到耳根子生茧。听娘说，我阿爸死的那年，家里穷得揭不开锅。阿爸到岭北市场赶了集，结果犯了“倒买倒卖”和“忘本”的罪，被批了一天，从此染上病，半年就死了。后来，阿山大伯趁“城乡结合”，买了几双皮鞋穿，想尝尝新鲜，也被挂上“忘本”的黑牌子，挨了好几棒。那年月，成分好的、不好的都被扣上了“帽子”，连我买瓶麦乳精喝，娘都要骂我没认识几个字就“忘本”。今天，这个惹死鬼神又转到我的头上，难道我们寒苦出身的人，只有永远穿着土布和麻纳鞋子才算不忘本？像阿山大伯一样管袜子叫“内鞋子”、管广播叫“鼓吉音”才朴实？我越想越心寒，泪滴像豆粒一样一颗颗滴在皮鞋面上，“啪嗒啪嗒”脆响。天黑了，我也不觉得饿，只觉得班长口中说的“忘本”让人心寒。看来部队里是容不下我们这号山里女兵了，不如回家和娘做个帮手，每天蹬车子补衣裳也比这里好受。娘啊娘，你怕我长大了和你一样蹲一辈子山沟，守一辈子灶门，才省一口节一文地供我上学，托人报名送我当兵，你哪晓得这兵饭的滋味？

哎，这不能怨娘，是我自个儿找的，当初不如去学拿针头，省得如今有钱又不敢花。我若是“忘本”，何苦来当兵，到哪里不行？我越想越伤心，不禁哭出声来。忽然有人从背后把手搭在我的肩上，说着：“傻丫头，值得这么伤心？快回去宿舍，饭都凉了。”不猜也晓得是班长，听了这暖心的话，我哭得更响了，索性埋下头，看也不看她。她却将两手伸到我胳肢底往上一抬，把我拉起来，看着我的脸，笑着说：“兰花一朵染雪花，这才美呢！”她见我没有破涕为笑，又拿出班长的架子说：“哭啥，能认识到错误就好了。”她还以为我是悔过了。我脱口而出：“我啥错？我们山里人穿双皮鞋就被说是‘忘本’，那你们啥的忘了本没有？”我掏出我娘寄来的一沓十元钱在她面前一扬，“你们可以用钱买，我们山里人为啥不能买？我就要为山里人买一二十双，看能把我咋的！”班长听了我这番气话，严肃地冷冰冰地说道：“鲁兰，我原先批评你几句，想让你反省一下就行，但看来你还没有认识到自己的错误，现在竟敢这般，还说你没忘本？我要通过组织对你进行帮助，否则就是对你不负责，到头来是害了革命和你自己。”她说完，撇下我一个人走了。

班长向来是说到做到，为了“挽救教育”我，她采取了组织措施，召开班务会。会上，班长头一个发言。她严肃地说：“同志们，鲁兰同志的错误，并不在于买一双或几双皮鞋，我们应该看到行为背后的主导思想。当然，一个在农村长大的姑娘当了兵、入了团，受到特区‘南风’的影响，顶不住资产阶级糖弹的侵蚀，在思想上忘了本，抛弃了艰苦奋斗的优良传统，有意识地追求资产阶级生活方式，我们不要被她的刻苦学习所迷惑。我作为她的班长、团小组长和最好的朋友，以往由于缺乏警惕，助长了她的享乐思想。”班长沉痛地用手擦了擦眼角，继续说，“为了不让鲁兰同志堕入玩物丧志的深渊，大家应该热情地开导帮助她、挽救她。现在我建议，不采取以往那种人人批评的形式主义教育方法，而让鲁兰同志在大家面前进行自我批评，检查一下她自己的生活状况，使她提高认识，端正思想，同时我们也接受一次活生生的思想教育。”

全班没有一个人提出异议，张英吞吞吐吐地说：“……我胃疼，想请个假……”班长用严厉的目光示意张英等一下，又对我说：“抓紧时间，雷厉风行地改造自己的错误思想。”

就在这时，一道手电光晃晃地向这里照过来。原来是护士长来找我，她听说班里开针对我的“教育会”，便赶来参加。我开始害怕了，这下子可糟了，我的错误真那么严重吗？护士长也要来“坐镇”。她一到，我们便全班起立，班长报告了会议进行情况，她把班长叫去耳语了几句，然后一起参加我的检讨会。大家都在等我发言，我无处可逃，不由自主地往中间移动了一下，伸头瞅着自己那又不知往哪里伸的脚。我这脚虽比同村姐妹的小得多，可和这帮女兵比就不知是什么样子了。这鞋和她们比又粗、又厚，虽没男兵的大，但咋看也不像个姑娘家的，鞋号都要大两码。看着这双脚和皮鞋，我忽然滔滔地说开了：“我们山里人，一年到头光脚板，干庄稼活，不穿鞋省事啰。论鞋子，夏天我们只有麻草鞋，除了有底子，其实和赤脚一样。寒冬里有‘加机布’（自己织的布）裹脚算好光景的，家里人多了只能换着穿。我娘为给我纳鞋，要拿鸡蛋换破布条，纳出花格子鞋底。夏天下地进林，金环蛇从脚下爬过，凉飕飕的心都寒了，防不住就会被咬上一口。”说到这里，好几双穿着锃亮皮鞋的脚猛地往椅下一缩，仿佛蛇已把她们咬了。护士长伸出手替我擦了擦脸上的泪花。我觉得满心的话像击发的炮弹直往外冲，完全顾不上内容逻辑和我的半客乡调了，我越说越乱，心里越难受，后来竟边说边哭起来：“我们山里女孩家也都有鼻子有眼的，谁不爱红红绿绿、香香喷喷？就是买不起，从来都没想过。春天路边雪兰花开了，采上一把搓烂了，满脸抹一气，弄得白一道红一块，光晓得自己闻着香，不知别人看着丑。”讲到这里，几个最爱涂脂抹粉的女兵都低下了头，大气也不敢出，我发现离了题，这才换口气说道：“那是已经过去的苦了，那时院里多养两只鸡都被割‘尾巴’。一个劳动日攒不上两角钱，常常挖‘毛狗头’充饥，吃顿猪肉算过年了。如今党的政策好了，你有本事有力气只管使，除了二流子，人人都能富起来，再穷也不会饿肚子了。我娘一个女人家，月月还能进储存所存钱。”我提起脚上的皮鞋说：“这是用我娘寄来的钱买的，我娘还要给自己、给乡亲们买。”我忍不住又哭了起来，会上静悄悄的，似乎就我一个人在这里，任我哭个够。“咱山里人几辈子没有享过的福都让我享到了。我，我哪儿忘本了？”我突然从心底里冲出这句最紧要的话来。这时全班的战士都哭起来，班长心一酸，扑在我的肩上说：“鲁兰，我错怪了你……”护士长微笑着说：“嗯，大家看清了吧？好了，鲁兰同志的发言给我们上了一堂很好的农村形势教育课，如今全国农村富起来，农民生活水平提高了，适当地讲究穿着是应该的，鲁兰就是咱们这儿朴实的农民代表。三中全会之后，她的家乡富了，她娘都惦记着为女儿买皮鞋，这可不是什么‘忘本’。她为了购买一套高考复习题试解书，把她娘寄来的钱花了，差点买不上皮鞋。她买双皮鞋穿，却引来了‘忘本’风波，这是啥子原因？更何况大家穿皮鞋都有十来年历史了。”全班同志个个睁着大眼盯着我，好像在说：“我们错怪了你。”护士长扬扬手，撩开后面的纸筒子，说道：“现在我向大家报告一个好消息，咱们医院有四名女战士考上了三所军医大学，她们是鲁兰、张英、杨学……请这四位同志明天到师政治部办理手续，后天去报到。”这时，大家嘀嘀咕咕地议论开了……

我和班长杨学考上了同一所学校。走的那天，阳光灿烂，全院同志都来送行。路上，班长一声不吭，我以为她生病了，把我吓了一跳。刚要问她：“是不是病了，班长？”她却含泪带笑地说：“鲁兰，都怪我，要不是你这小教员帮助我，我……可我……”我安慰道：“过去的事就让它过去好了。”她转过身，脸贴着我的脸悄悄说道：“到城里后，我陪你上百货商店，给你当参谋买鞋，好不好？”两行既清凉又炽热的泪水流到我的脸上。

有收获，没有成就

这本短篇小说集，是我迄今为止公开发表的六十五篇小说的选集，可以说是我几十年来短篇小说创作的总结了。从1978年在部队驻地刊物《鮀岛》上发表《上哨》，到2017年4月《作品》杂志发表《光荣》为止，我的短篇小说创作时间跨度近四十年。四十年来，我鲜有在文友圈谈及这些短篇小说的写作及发表情况。今天文友多知我写过新闻稿件，也写过诗歌和长篇小说。其实，我还一直坚持短篇小说的写作。这些作品的写作都是激情创作，急就而成，即使发表了，编辑返回的读者反馈也很不错，我也羞于拿出来示人。这次和盘托出，不避浅陋，为的是让那些对我的文学写作比较关注的文友和读者，了解我的短篇小说创作轨迹，也让那些对我的短篇小说写作了解不多的文友和读者，通过阅读这本集子，看到一个曾是“新闻干事”“业余作者”，如今身为“作家”的我，是怎样随着社会发展的步伐和自身变化，自愿作为“文学担当”，从而使自己的小说创作随着职业的不断变化而不断裂变的进程。当然，文学的本质特性是不受职业影响而变化的，但作家的人生经历和社会的发展变化，或许会改变其对社会的认识，从而使其创作不断变化（提高）。我四十年来的小说创作，有可能越写越好，也有可能越写越差，这就需要阅读者自己判断了。我对自己的写作是信心十足的，或许就因为这信心十足，我这个“业余作家”，才能边干苦力活、解决衣食住行、收编辑部的退稿件的同时，边学习写作，也才能真正从写作中享受快乐，从而减轻工作的压力，找到人生的坐标和生命的支点。生活馈赠我人生所需，文学给予我天堂的乐趣。我感谢文学，我感谢文学道路上为我做“嫁衣”的编辑老师，以及为我鼓与呼的朋友。

我是当兵出身，也是从服兵役时期开始新闻写作的。其实在军旅生涯初期，我的军事训练成绩一直非常优秀，当过重机枪射击标兵、投弹能手，而且越障碍、拼刺刀等野战兵的基本训练要素全部过硬。可阴差阳错，有一次我在连队黑板报比赛中写了一篇稿子，从此爱上了新闻写作，这也为后来提拔干部打下了基础。1979年春，边陲战火燃烧时，我已是一名团参谋了，战后又到师军机关改行当了政工干部。回地方到企业工作不久，我下岗自谋创业，此时文学写作已成了我工作生活的减压“容器”。所以，我一直将自己置身于“业余作家”的行列，因为我的职业与文学沾不上边。业余不业余并不重要，重要的是文学创作成了我生命中重中之重的“副业”，这副业也推动了“正业”的发展。温饱解决后，生活奔小康了，当然文学创作也要“奔小康”了。几十年下来，我在文学创作上也略有收获，但缺乏成就感。今天，结集出版的作品算是自己文学“小康”中的金宝宝。虽然，二十多万字的短篇小说集，字数远没有已发表和出版的几百万字诗歌及中、长篇小说多，但几十篇短篇小说也是构筑我自己文学大厦的一砖一瓦，是我文学创作中坚实的基石。

我是个随性情、随工作、随环境、随生活、随状态、随激情而写作的文学爱好者。所以，四十年来，我从未确定自己文学创作的基调和体系，也没有确立自己文学创作的理念和模式，没有确立一个文学标本、形成一种“文学风格”，构建不了一种文学“范畴”。一切顺其自然，随着感觉而写作，因此我的作品保留了最为真实的社会印记。

没有定位自己的文学基调和文学特色，就没有形成自己的文学艺术风格。我理解的艺术是追求人类的真理。艺术的基础是真理，无论对于写作方法还是文学雏形，一个在作品中探寻艺术的人，其实就是在探索真理。唯一的不同是文学家是在想象中探寻，而我只是想讲好我发现的故事。我将现实事件用想象的思维写给读者看，而且让故事展示出写作技巧和语言情感，从而让读者自己去思考，去寻找答案。所以，我认为对文学的艺术追求就是对真理探索的行为。虽然自己的文学作品没有一个系统的创作范畴和导向，但有一点是可以肯定的，那就是我的小说创作是我生命的一部分，也是对社会的真实反映和我努力探索人性的结果，生活的探索是我精神成果的亮点之一。

我是在真实生活的基础上进行文学艺术创作的。所以，我认为文学是现实生活的记录，以及可以预测未来生活的文本（悬疑文学作品除外），它可以通过显示现实或历史，再现社会真相和预知社会导向，这样的文学创作才是最具文学价值和艺术价值的。何谓社会现实？我认为是在社会状态下，人们意识上的政治现实和政治环境。文学作品是出于社会现实而又高于社会现实的人性演绎。小说只是将社会政治作为背景，在这个广阔的大背景下，展示人性的善与恶、丑与美，并不提供解决社会矛盾和政治问题的手段。即便有解决矛盾和问题的预知性，也只是文本文学的特殊性，而且只能作为文本的内容和人物故事所需所测而已。文学家不是哲学家、理论家，他的力量不在于对现实有全面系统的理论认识，而在于能绘制出自己所特有的、意义深刻的现实生活图景。一个杰出的作家固然应该有先进的思想体系、广阔的社会视野，但某种意义上，也许更重要的是，必须要有自己对生活独到的体会，要善于从某种独特的角度去观察生活，得出别人没有获得的深刻感受。同时把这种感受灌注在自己所选取的某一特定的生活片段中，用有特色的语言来加以表现，形成自己的艺术风格。我想这才是作家追求的最高的艺术境界。我的短篇小说中，许多都是社会小说，当然，我认为它们应是平民社会小说。这些小说只是描绘了在不同时期的社会政治环境下，平民的生活、工作、爱情，以及他们的喜怒哀乐，展示他们的人性、欲望和斗志。所以，这些小说算不上大社会的小说。这些小说都曾在市县级和行业报刊上公开发表过，也有些在省级文学期刊上发表过。有的刊物当时的发行量高达一百二十多万份，《荔风》杂志就是一例。感谢这些刊物当时的编辑老师，因为他们有胆识、有智慧，从文学的历史、现实和艺术价值视角出发，选登了这些稿件。今天，我细细品读这些作品，自觉还是值得回味和庆幸的。如果今天让我以那些素材重新创作，并还原原来的社会真实感悟，那是天方夜谭了。所以，我庆幸自己当时的意志和毅力，无论生活之艰苦，前途之渺茫，人生之坎坷，都一如既往地坚守自己的文学创作之路。今天，拾起自己闪现的文学珍珠，用生命之线将其串成一条文学果实的项链，放射出一束束文学的炫光。

2018年5月25日于鹭江边草寮阁